城市上空的鸡鸣

杨柳芳 著

中国华侨出版社

图书在版编目（CIP）数据

城市上空的鸡鸣/杨柳芳 著 . —北京：中国华侨出版社，2013.3
ISBN 978-7-5113-3426-8

Ⅰ.①城…　Ⅱ.①杨…　Ⅲ.①小小说—小说集—中国—当代
Ⅳ.①I247.8

中国版本图书馆 CIP 数据核字（2013）第 057988 号

城市上空的鸡鸣

著　　者/杨柳芳
出　版　人/方鸣
责任编辑/九萧
封面设计/博凯设计·梁宇
经　　销/新华书店
开　　本/700mm×1000mm　1/16　印张/11　字数/225 千字
印　　刷/北京一鑫印务有限责任公司
版　　次/2015 年 5 月第 2 版　2015 年 5 月第 1 次印刷
书　　号/ISBN 978-7-5113-3426-8
定　　价/29.80 元

中国华侨出版社　北京市朝阳区静安里 26 号通成达大厦 3 层　邮编：100028
法律顾问：陈鹰律师事务所
发行部：(010) 64443051　　传真：(010) 64439708
网　址：www.oveaschin.com
E－mail：oveaschin@sina.com

如果发现印装质量问题，影响阅读，请与印刷厂联系调换。

目 录
Contents

序

30 年来，小小说这个朝阳文体领域里人声鼎沸，熙熙攘攘，来去自由。当然也会有一些优秀的小小说写作者，凭借一篇或数篇精彩的小小说作品，曾经在小小说的百花园里争艳一时后，由于种种原因，随着时间推移也在销声匿迹，难免有昙花一现之憾。好在是铁打的营盘流水的兵，小小说的百花园之所以保持 30 年花繁叶茂，果实飘香，重要的原因在于小小说的写作者不乏后继有人。

作为 80 后一族，杨柳芳就是这样一位热爱小小说写作的年轻女作家。她 2010 年才开始尝试小小说创作，竟一发而兴趣大增，创作热情高涨，笔耕不辍，至今已发表小小说作品 20 余万字，散见于《百花园》、《天池》、《金山》、《广西文学》等国内多家文学刊物，也积极参加各类小小说征文大赛，时有佳作获奖。一名小小说新秀的出手不凡，一时赢得诸多喝彩。

杨柳芳的作品有着女性写作者所特有的清新婉约气质。她善于观察，敏于思考，以女性的视角，细心留意截取生活中的一个细节，一个画面，然后融入自己对生活的思索，裁剪成篇。平实朴素的语言叙述，看似随意的情节安排，背后却常常蕴含着深刻的人生感悟与思考，给人带来阅读的快感与惊喜。

《谈一场与月亮无关的恋爱》、《月光剪》是两篇清新别致的佳作。

爱情是古今中外文学作品中吟诵的永恒题材，而女性作者笔下的爱情故事似乎更是多一层温婉与忧伤的色彩。在《谈一场与月亮无关的恋爱》里，主人公在月光下的摩天大楼顶上，遇上背着吉他踏月而来的女孩朵拉，两个都市年轻男女的爱情，在一首《你看你看月亮的脸》的歌声中拉开帷幕。然而，那段爱情进行得似乎并不顺利，主人公急切地想抓住那段爱情抓牢朵拉时，朵拉却每每以月亮为由巧妙回避，对主人公始终保持若即若离的状态。那样的若即若离最终让主人公失去了对那份爱情的耐心。更大的分歧却是二人去了汶川灾区之后，朵拉放弃了都市优裕的生活留下来，为灾区的孩子唱歌跳舞，主人公回到自己所生活的城市，与另一名叫虹的女孩开始一段新的恋情。

"我和虹像所有庸俗的爱情一样，在月光下拥抱、接吻，偶尔我会在虹的身上寻找朵拉的影子，没有！虹就是虹，朵拉就是朵拉，虹不喜欢唱歌，我让她唱，她就让我唱，我常常学朵拉唱月亮的歌，虹问我，干嘛总唱月亮的歌，我说，月亮下的爱情不是更浪漫吗？虹却长叹一声，可是月亮的歌太伤感。"

拥有时不懂珍惜，失去后悔犹晚。主人公决定在与虹订婚之前再去看一次朵拉。很显然，主人公的到来给朵拉带来一份莫大的惊喜，也给她带来新的爱情希望。然而，"我的心猛然一抽，继而又黯淡下来，我终于知道，谈一场与月亮无关的恋爱竟是那么难。"

错过的终究已经错过，他们再也回不去了。

在这篇小小说作品中，月亮成为贯穿全篇的一个道具，作品里的主人公借月亮抒情，巧妙嵌入的歌词恰如其分地进行渲染，作家则借月亮下一段忧伤的爱情，向我们传达了两种不同的爱情观：女孩朵拉将爱情融入美好的公益事业，"我"则活在狭隘的自我世界。这样的两个人，终究不可能携手走进美妙崇高的爱情圣殿。通篇作品，洋溢着一种淡淡的哀怨与忧伤气息。

另一篇与月亮有关的小小说《月光剪》则显示了杨柳芳对小小说这种文体的不懈探索精神与大胆尝试。这一篇与传统小小说写作方式不同，没有故事，没有大起大落的情节，甚至连一个主人公也没有。作品似是一个自言自语的人，在随意跟大家唠嗑儿，零碎的几个片断，乍读似乎没有任何关联。一边是凡俗的爱情片断，贪恋荣华富贵的女孩离开了深爱自己却清贫的男友，去给另一位有钱却不爱她的男人做了情妇；一边是很常见的官场片断，身居要职的市委书记面对诱惑时的心旌荡漾，犹豫不决。两个片断原是风马牛不相及，作者用一把"月光剪"巧妙地将它们串在一起。

"一个人是为什么而活，为财富？为地位？还是为男人或女人？都不是！是为感情而活，一个没有感情的人像什么？像行尸走肉，对！也就是说，像死人，很多死人都被我救过来了，看到我时，他们或吟诗，或流泪，或深思，或愤慨，他们的感情被我一刀一刀地剪出来了，我这把月光剪就有这般能耐，它用它的光洁之躯不费吹灰之力就让他们活过来了。"月光底下，他们面对自己的内心拷问，终归良心发现，或迷途知返，或悬崖勒马，"月光剪"的使命也得以完成。这篇小小说的立意之所在，也在读者的面前清晰起来。借月抒情，自古以来为文人骚客所钟爱。杨柳芳的这把"月光剪"倒给人带来一种新鲜之感。

与爱情一样，亲情也是文学作品中一个不绝如缕的话题。在小小说《父亲的晚餐》中，杨柳芳为我们描述了一段沉重且让人痛心的亲情故事："每个周五，父亲总会骑着电车从城北至城南如期而至。父亲每周都要给他们弄一顿晚餐，这顿晚餐像是父亲的一场战斗，这场战斗让父亲变得格外认真。"然而，父亲极认真地为儿女们准备的一顿晚餐，并没有得到儿女们相应的回报，晚餐桌前，父亲想跟儿子一家说说话叙叙家常，面对父亲温情的絮叨，一家人回父亲以冷漠：儿子回书房，儿媳一遍又一遍暗示父亲早点离开，年幼的孙子则在电脑前看动画片。最终，辛苦忙碌一遭的父亲只得沮丧地离开儿子家。而这样的辛苦与沮丧，相信还会一直继续下去。

无根之树无法成材，无源之水汇不成江海，父母之恩，堪比高山大海。百善孝为先，孝道一直是我们中华民族的优良传统美德，且在各种美德之中占据首位。时代发展到今天，却有越来越多让人痛心的现象在我们身边涌现，啃老，食老，抛弃老人，拒绝赡养，绵延几千年的优良传统美德面对越来越严峻的挑战。孝，其实没有那么复杂，用心享受老人精心为自己烹制的一顿晚餐，耐心听老人说说话，也是一种至纯表现。就这么简单的愿望，对于很多老年人来说，竟成了一种奢侈，不能不让人觉得寒心悲哀。杨柳芳的这篇小小说将视角探向这一日益突出的社会问题，展示了小小说作家敏锐的观察力与悲悯情怀。

杨柳芳读书甚杂，生活兴趣广泛，在致力于小小说创作之外，对摄影、电影、周易预测等多有涉猎。从事文学创作亦有兴趣出天才之说，天赋兴趣加上恒久勤奋，无疑会让自己行走的更快更远。

别有洞天

幸当当被一声巨响惊醒了，他朝窗口看了看，鱼肚白已经露了出来，晨风微微，鸟声雀雀，他没有起床的意思，侧了身又想继续睡，忽而，妈妈的声音又尖锐地响起，你把这个家当成什么了？一座围城？城里的花不鲜艳了，就到外面找野花？声音停滞了一会，又更加强烈地响起来，滚，你滚，滚了，就别回来。

幸当当有些厌烦，把被子往头上一盖，仿佛什么声音都没有了。

妈妈来唤他起床时，幸当当早就已经穿着整齐了，他站在镜子前看了一下自己的脸，他觉得他的脸有点儿像父亲，可他的眼睛长得比父亲要好看，妈妈在镜子里出现时，他对妈妈说，妈，今天星期三。

妈妈就嗯了一声。

下午我们可以休息半天。

妈妈却说，赶紧了，该迟到了。

幸当当就抓起书包，跟着妈妈出去了。

中午放学时，幸当当没有直接回家，他拉上同桌杨小花去了他家北面的一处小树林里。

小树林里有一座破房子，奇怪的是房子没有门，房顶上的瓦片零零星星地盖在上面，幸当当在房子外走了一圈，然后指着墙上的一个洞说，你看看里面有什么。

杨小花很听话，她一直把班长幸当当视为自己的偶像，可是最近幸当当的行为有些诡异，比如，前几天，一向不趴桌子的幸当当居然在上课时趴桌子了，而且还发出了轻微的鼾声。再比如，上个星期三，幸当当还送了一盒巧克力给她，送给她时，幸当当还意味深长地说，杨小花，你爸爸是魔术师吧？

其实在很早之前杨小花就告诉过幸当当，她爸爸是魔术师，她爸爸的魔术表演在市里的春节晚会上还获了奖。

杨小花把眼睛望向洞口时，愣了一会儿，说，什么都没有呀。

幸当当一急，凝着眉毛嚷，怎么没有呢？

杨小花把眼睛收回来，愣愣地看着幸当当说，除了泥土和一些杂草外，什么都没有。

幸当当这才笑了，对啊，就是让你看那些泥土和草的。

杨小花就不说话了，一脸的疑惑。

幸当当说，让你爸爸变个魔术吧，让房子里面全种上鲜花。

杨小花呵呵地笑，幸当当，你这话真是太逗了，我爸爸的魔术变不出这个，我爸爸的魔术需要道具，没有道具，他的魔术就变不出来。

说到道具的时候，幸当当眼睛忽而一亮，他仿佛想到了什么，他拉上杨小花去了亭子菜市场，他在那儿买了许多花种子，然后又在杂物间里找到了父亲的梯子，两人便一前一后地把梯子扛上了小树林。

幸当当说，小花，你帮我扶好梯子，我爬上房顶去撒花种。

杨小花有些紧张，拉着幸当当的衣角说，别，当当，太高了，危险呢。

幸当当没有理会杨小花的话，他把梯子往地上一摆，说，扶好了。

幸当当三下两下就爬上了屋顶，他沿着屋顶上的木架子一点点地爬，边爬边往下撒花种，杨小花在下面不断地喊，当当，小心哟。

幸当当好不容易把花种撒完了，当他要往回爬时，没承想，一个木架咔嚓一声，断了，幸当当不留神，哎呀一声，便沉沉地摔了下去，下面的杨小花可吓坏了，不住地喊，当当，当当，幸当当……

杨小花朝洞口里看，幸当当已经没有任何反应了。

幸当当一直沉睡了很长时间，医生说，幸当当被摔成了植物人，很可能一辈子起不来了，当然，也可能会有奇迹，或许明年，或许三年，总之，说不定。

杨小花眼里的泪花刷刷地往下淌，杨小花真后悔没让爸爸为幸当当变那个魔术，如果让她爸爸来，幸当当就不会摔下去了。

春天来了，百花齐放，莺歌燕舞，幸当当的爸爸妈妈守在幸当当旁边，看着幸当当平静的脸，当当妈妈说，明天咱们带当当去看看"别有洞天"吧。当当爸爸"嗯"了一声。

小树林里的那座破房子已经被刷上了漂亮的油漆，墙上那个洞，被圈上了耀眼的红色，红色漆旁边题了几个深蓝色大字——别有洞天。

杨小花这时也来了，看到幸当当，远远地就喊，当当，幸当当，房子里的花开了，好漂亮呢。

听到杨小花的声音，幸当当的手指动了一下，又动了一下，幸当当知道墙内的花一定比墙外的香，因为爸爸又回来了。

梦云儿

　　窗外，积雪初融，杨柳吐新，六岁的叮叮趴在窗台前看，我走过去摸摸他的头，他没有任何反应，我继而俯下来亲亲他的小脸，他便把脸依在我肩头上，我说，叮叮，该吃早餐了。他却说，我刚才看到白叔叔出去了。

　　我怔了一下，沉默下来，叮叮抬起一双乌溜溜的眼睛望向我，又说，妈妈，昨天晚上我梦见云儿姐姐了，云儿姐姐变成了好多片云，有白色的、黄色的、蓝色的，还有粉色的，好漂亮，像云儿姐姐的裙子一样漂亮。

　　我不知说什么，只好将叮叮揽进怀里，把他的两只小手合起来，用自己的两只大手严严实实地盖住，再轻轻地揉，我说，暖和吗。叮叮说，暖。

　　白文健回来的时候，手里提着豆浆和油条，他走得很缓慢，头垂着，垂得很低，叮叮见了，一蹭，从我怀里蹭出来，然后打开窗户朝他挥手，白叔叔，白叔叔……

　　白文健把头抬起来，伸出手在空中挥了一下，半会儿，人影便穿进了楼道里，叮叮赶紧从床上跳下来，往门口跑，"嘭"一声打开门，站在门边等，待白文健走上来时，他一把抱住他的腿喊，白叔叔，昨晚我梦见云儿姐姐了。白文健颤了一下，眼里顿时蒙上一层泪水，他用手往眼睛一抹，然后拍拍叮叮的肩头说，叮叮，乖，叔叔要吃早餐了。

我走过去，不知说什么，白文健艰难地挤出一丝笑，说，明天上班了，得赶紧把状态调整过来。我鼻子一酸，眼泪也禁不住往外涌，白文健说，没事，都过去了。叮叮见状，把他的腿抱得更紧了，白叔叔，妈妈说云儿姐姐还会回来的，她只是偷偷跑上天堂，变成了几朵云儿，给孙悟空当跟斗云呢。

　　叮叮这一说，白文健一个踉跄靠在墙壁上，把叮叮吓了一跳，我过去掰开叮叮的手，说，叮叮，乖，白叔叔要吃早餐了。叮叮仍然不放手，白文健见状，索性蹲了下来，抱住叮叮，把头埋在叮叮幼小的肩膀上。

　　叮叮说，白叔叔，以后我不让云儿姐姐带我去河面上玩儿了。

　　白文健的肩膀一耸一耸的，耸了很久才挤出几个字来，叮叮乖，叮叮不怕。

　　叮叮用小手在白文健的头上轻轻地抚，边抚边说，白叔叔也不怕，云儿姐姐一定会回来的。

　　夜里，叮叮翻来覆去睡不着，我拍拍他的小屁股让他睡，他一伸手就揽住我的脖子说，妈妈，我们家有几台电风扇？

　　我说，三台。

　　三台？太少了，妈妈，明天我们去买五台电风扇回来吧。

　　大冷天的，买那么多电风扇干什么呢？

　　我想让白叔叔看看云儿姐姐。

　　我心里一紧，又说不出话来，叮叮便一咕噜爬起来要去找电风扇，我赶紧把他拉下，说，云儿姐姐不会回来了，云儿姐姐掉进河里永远回不来了。

　　这一说，叮叮"哇"的一声哭起来，嚷道，妈妈胡说，妈妈胡说，那天河面上有好多人在滑冰呢，他们一定会把云儿姐姐救上来的，白叔叔不是把我救上来了吗？

　　妈妈，你说话呀，妈妈……

　　叮叮摇着我的手臂不停地嚷，我终于忍不住爬起来也要去找电风扇，叮叮却一把抱住我说，妈妈，如果云儿姐姐回不来的话，你就和爸爸再生一个云儿姐姐送给白叔叔，白叔叔一个人怪可怜的。

我再次紧紧地抱住叮叮，我还能说什么呢，除了一个拥抱，我真的不知还能说什么，如果我是白文健的话，我能那样吗？放弃自己的儿子，去救云儿？我不敢想，把叮叮抱得更紧了。

叮叮把眼睛从我下巴下抬起来，喃喃地说，妈妈，明天我们去弄几台电风扇吧。

我终是点了点头。

元宵节这天，我们一家三口把白文健请到家里，这个团圆之日，我们无论如何也不希望白文健守在清冷的家里，如果那还算一个家的话。

白文健明显地把自己的状态调整过了，头发梳得很整齐，胡子也刮净了，只是脸上的悲伤仍然隐匿在那浅浅的笑容下，我们平静地吃完饭后，再也按捺不住的叮叮，一把将白文健拉进自己的房间里，这一看，白文健呆住了，只见五台电风扇呼呼地吹着，把房间里的几朵彩云吹得飘啊飘啊飘……

叮叮说，白叔叔，你瞧云儿姐姐多开心呀。

白文健的眼泪忍不住了，点点头，终说，嗯，我也梦见云儿了。

我们的情人

　　我有个情人，这个情人被我藏了一年。

　　我的老公刘大献自始至终一直信任我，当然，我也信任他，因为信任，所以我们的感情一直都不错，直到我的情人若隐若现地冒头，他才有所顾虑地问我，你最近怎么有些反常。我说，我哪里反常了？他却不应话，只是凝着眉看了我好一会儿才说，你对着电脑的时间越来越长了，是网恋？还有，你为什么晚上十一点了还要往外跑。

　　我不想回答刘大献的问题，而且我觉得他所提出的反常在我看来也不算是反常，这个年代不对着电脑看，还能对着谁看？再者，晚上十一点出去，又能说明什么问题呢？他自己不也常常是凌晨一两点才回来吗？

　　我的沉默使刘大献很无奈，他后来提醒我说，别忘了你已经是个已婚妇女了。

　　我不知道刘大献自己是否也藏着一个情人，在这个年代，男人好像没有一两个情人似乎总是不可能的。女人对男人的这种疑虑就像脑海里藏着的一根针，这根针时不时地从女人的脑海里冒出来，然后冷不丁地把女人扎痛了，于是女人的神经便也就常常处在紧张的状态下。

　　也就在昨天，我还看了一个短篇小说，作者估计也是个男人，他把男人的观点完全裸露地表现在他的小说里。他说，男人喜欢和不同的女人睡觉，这是不争的事实，这也是男人们最原始的表现方式，女人应该理解男人这种本性行为，若不能理解，那么女人实则是虚伪和不可理喻的。

我把这个小说拿给刘大献看时，刘大献咧着嘴笑，然后又十分赞同地点了点头。至此，我开始对刘大献的信任动摇了，刘大献也是个男人啊，虽然他长得貌不惊人，而且还满嘴大蒜味，但男人终究还是男人的。

后来我便常常质问刘大献，诸如昨天他的衣服上为什么挂了一根长头发。再诸如，出门前他为什么不再吃大蒜了。总之，我脑海里的这根针愈来愈频繁地刺激着我，导致我们常常会为一点小事引发出各种各样的战争。

在后来的种种迹象里，我终于坚定地认为刘大献一定也藏着一个情人，而且他的这个情人绝对比我的要来得早，来得猛烈。我也试图暗示过他，可他每次也总是以沉默来应付我。

那个晚上，没有月亮，微风习习。刘大献吃了晚饭，又要出去，出去前，我还故意问了一下他，我说，大献，你今晚怎么没吃大蒜？他不说话，只朝我挥了挥手，然后扣上了门。老实说，我不想跟踪他，我一直认为夫妻间如果产生这种卑劣行为，那么彼此的婚姻就太可悲了。但那个晚上，我把这样的想法抛掉了，我披上新买的黑色蝙蝠衫，尾随他而去，出乎我意料的是，刘大献去的居然是办公室，而且一呆就呆至凌晨二点。

那天晚上，我虽然没有看到刘大献的情人，但看着他从办公室出来时的那一副满心欢喜的神态，我就更加坚定地认为，刘大献的情人绝对是有，只是他们的防备意识较强，不轻易让人看到。

而于此同时，刘大献对我的态度也愈来愈恶劣，他甚至趁我不在的时候去翻看我的电脑资料。彼此的不信任使我们开始进入冷战，我心里极度不平衡，我花了那么多心思放在情人身上不都是为了讨他高兴？而他对我却这样，想到这，我便怒气冲冲地翻出刊有我文章《小小说选刊》，我把《小小说选刊》丢在刘大献面前，我说，这就是我的情人，晚上 11 点出门，不过是为了在小区里寻找创作灵感，本想等到我出书时给你个惊喜，而你却对我疑神疑鬼。

刘大献看看书，再看看我，一把将我抱起来，他欢呼道，正确选择自己的情人，是人生成功的第一步！我哪里依他，挣扎地跳下来，怒目道，你的呢？还不从实招来？刘大献挠挠耳根，再傻笑一阵，然后从柜子里翻出一张申请书，说，我研制的一项软件开发项目，正在申请专利，本想等到申请办下来后再给你个惊喜的，哪承想你也那么关注我。

我一听，哪里肯放过他，碎花拳头飞过去，把他捶得嗷嗷叫。

家 婆

08 年的某一天，老公正卖劲地嚼着一棵大葱，一会"嘣"一声，一会又"咔嚓"几声，那声音说躁不躁，说悦不悦，我顶着这声音问老公，你妈什么来？老公咽一把大葱说，三月。我的心还是疙瘩了一下，虽说家婆早就告知来南宁的打算，但临近三月，我还是忍不住想再确定一遍，我抱着侥幸的心理希望家婆会有所改变，然而没有，家婆还是来了，她选了一个硬座，在火车上颠簸了一个白天两个夜晚，然后扛着大大小小的包来了。

家婆七十多岁，高，精瘦，长脸，宽下巴，眼睛搭拉状，似乎永远睁不开，嘴巴却总呈打开状，让人一眼就瞧见了里面的烂牙齿。

家婆的话我很少听得懂，她的话在我听来，像一串梵语，咪哩吗啦的，速度极快，舌头极卷，为了回复她的话，我的耳朵常常处于高度紧张的状态，家婆一说小杨，我的神经就紧张过来，家婆说，你过来。我却愣在那里，家婆又说，你过来一下。我说，哦，你才来一下啊，住久点啊。家婆又咪哩吗啦几下。我想我的话估计她也听不懂，如此下来，我和家婆的对话基本上是鸡对鸭，牛头对马嘴的感觉。

家婆刚踏进家门，屁股还没坐热，就张罗着我和老公过去，我们一过去，她就把外套脱下，翻了个底，底里缝了个口袋，她用剪刀把线头剪断，然后"嚓"一声，把口袋扯下来，里面竟是一扎钱，家婆把钱拿在手上，手指头往嘴里粘一把口水，然后"刷刷刷"地点起来，好家伙，整三万。

家婆没有把钱递给老公，而是塞进我手里，她说了几句话，大意是老人没有什么能给你们的，就这些了，拿去存起来。我推搡着，却无论如何也推不过那两只沧桑的大手。

家婆是个农村妇女，没有工作，家公每月的退休金也只有一千来块钱，除去生活开支，我不知道她这三万块钱是怎样攒下来，我问老公，老公说，她现在去工厂里粘板，粘一块板赚几毛钱，我说七十多岁了还粘板？老公又说，她身子骨还不错。

孙子是家婆的心肝，大暑天时，家婆总拿着一把扇子追着孙子跑，孙子跑到哪，家婆的扇子就挥到哪，家婆说，想！想！热啊，别跑了，热啊！从这个奔跑的过程中我终于知道家婆的身子骨确实不错，她脚步轻盈，两袖清风，嘴巴永远地开着，绝对没有为掩藏一下她的烂牙而要闭起来的意思，家婆是高兴的，虽然她牙疼起来吃不下饭，虽然她不敢单独迈出小区的大门，虽然她整天惦记着北方的麦田，但她仍然是高兴的，这高兴的程度来源于她的孙子，儿子，当然，我希望还有我。

家婆极度羡慕我的牙齿，我吃饭的时候，家婆喜欢偷偷看我，理由很奇怪，家婆说，小杨的牙齿真好，吃饭快，一口下去居然可以动用到两边的大牙，几下就把一碗饭吃完了。这个理由让我极度地无地自容，以致于有一天我学着家婆的样子故作斯文地咀嚼着大米时，她忍不住问我，小杨，你不舒服吗？我终于明白，我的牙齿对于家婆来说是一个让她感到骄傲的理由，她觉得自己的儿子讨了一个身体好，吃饭快的媳妇。

我要带家婆去医院看牙齿，她执意不去，用手紧紧地捂着她的烂牙说，牙疼不是病，去了医院也治不好，再说了，弄一颗牙多贵呀，要把我两排牙齿全换掉，估计我那三万块就泡汤了。

家婆对我的身材极度不满，她常对老公说，小杨太瘦，不像我们北方媳妇白白胖胖的。为此，她千方百计地给我做饺子吃，肉馅总选肥多瘦少的，吃得我一个月下来着实增重不少，初见成效，家婆越战越勇，而我的减肥计划却一次比一次严峻，有天，我们又鸡同鸭地对起话来，我说，妈，现在年轻人喜欢瘦，越瘦越好。家婆"哦"一声，我以为她听明白了，我又说，妈，像你这身材就是我现在追求的，苗条！苗条你懂吗？家婆又"哦"一声，我又接着说，妈，以后饺子可以少做点。家婆这回不"哦"了，家婆说，那下回我做扣肉吧。

一年后，家婆嚷着要回去，回去的理由很简单，说北方的麦子要收，说北方的家公身体不好，说北方的大儿子要盖房子，说北方的枣树要浇水，还说北方的兔子也要喂，这些理由正像她来之时对北方家里人说，南方的儿子要看、南方的孙子要带，南方的媳妇还要等着我给她做饺子吃。

家婆回去的那一年正值春雨霏霏之际，我记得那一年的那一天，春雨淋湿了我的心田。

就在前阵子，日本地震造成中国人民轰轰烈烈的抢盐事件后，家婆急切地打电话过来，献民，你那缺盐吗，缺的话我让人给你们捎几袋去。那一刻，我终于知道，家婆的牵挂是一条锁链，无论我们身处何地，那条锁链永远牵着家婆的心和我们的点点滴滴。

父　亲

　　只不过傍晚时分，屋子里已经是灯火通明，但是父亲还是秉着一盏灯走进了我的房间，我站起来要去扶他，他摆摆手说不用，就蹒跚着坐在了床沿上。

　　他说下雨了。

　　我向窗外望去，果真细雨丝丝。

　　父亲自从患上青光眼之后，眼睛越发地模糊，然而嗅觉和听觉倒越发灵敏起来。

　　父亲说"甘姨死了。"

　　我吃了一惊，我说"怎么就死了呢？"

　　父亲叹口气道"癌，已经晚期了，死前才把我叫过去。"

　　"叫你做什么？"

　　"让我照顾他的傻儿子。"

　　我"哼"了一声。

　　我的父亲是工厂里的电工，收入本就不高，还得养着三个儿女，母亲去世得又早，好不容易当爹当娘地把我们拉扯大，以为可以松口气了，却又碰上个甘姨。

　　我们是在搬进这幢旧楼时碰见甘姨的，在搬进来的第二个星期，父亲就注意到她了。每到晚上，家家户户都灯火通明的时候，甘姨家的灯却从没亮过，只有两盏蜡烛扑闪出暗淡的光。

　　甘姨是个寡妇，没啥亲戚，又养着个傻儿子，穷得没钱交电费，供电局就把电给断了，父亲知道后，二话没说就把甘姨的电费承包下来，一交就几十年，父亲说他当了一辈子电工，最看不得人家黑灯瞎火地过日子。

父亲在听到我的"哼"声之后就不再讲话了。

我说："照顾个傻人那么容易吗？咱俩的工资加起来还不一定顶事，更何况我天天要上课，连照顾你的时间都难得腾出来，两个姐姐也都出嫁了，更指望不上她们了。"

父亲动了一下嘴唇，把想讲的话又咽了回去。

我继而又说："你也知道小学老师的工资有多低，想存个钱买套房子恐怕还得攒上十几年，想讨个老婆更是难上加难，你没车没房也就算了，如今再摊个傻子回来，那简直就是……"

我的话还没说完，父亲就站起来蹒跚着步子往门外走，他说："我也知道你的难处，这事不提了。"

父亲果真没再提甘姨的事，而他的傻儿子在甘姨死后的第三天就不见了，甘姨的房子被一对从四川来的夫妻租用着，当然电费已经不再由父亲支付了。

日子像流水般走过，在我几乎要把甘姨的事情忘记的时候，我父亲出事了，他在横过马路时被车闪了腰，肇事司机把父亲送到了第五人民医院，我为此责问他，我说："你怎么把我父亲送到这来了？第五人民医院是专门医治精神病患者的地方，我父亲不过是闪了腰，要送也该往骨伤医院送呀。"

司机无奈地摇头，他说是父亲要求送到这里的。

我的脑袋顿时闪过甘姨的傻儿子来，我担心的事终究还是发生了，我了解父亲，他太倔犟了。

父亲在病床上像只无助的骆驼，稀稀拉拉的白发是被岁月遗留下来的痕迹，显得沉重而沧桑。我走过去的时候他已经睡着了，桌上放着束小野花，像是刚从草园里摘来的，这种小野花我见过，小时候常随父亲去郊外玩，回来时就摘了那么一大把，红的、黄的、白的……一朵朵地束成一扎，顶漂亮。

这时，我感觉到窗外一双眼睛正窥视着我，我扭头看过去的时候，他又忽闪地跑了，我知道那是甘姨的傻儿子，我故意离开病房，我想探个究竟，那个傻小子到底是如何把我父亲收买得如此彻底的？

那傻小子见我走之后，果真钻进了父亲的病房里，用手抚摸父亲的脸，父亲睁开眼的时候，傻小子就屁颠屁颠地跑到桌前拿起那束小野花，傻小子把花摆在父亲跟前，乐呵呵地说："爸爸、爸爸，我给你摘的花。"

父亲的眼睛笑成了弯月亮，他说，我家的小华很久没叫我爸爸了。

奶奶的玉镯

我呱呱落地的那一刹那，在门外的奶奶开门看了一眼，之后便"呼"的一声把门扣上了。

母亲说，我的到来是引起她和奶奶之间关系恶劣的导火线。

父亲是奶奶的独子，而我是杨家第三个女孩，奶奶的"香火梦"被我彻底地打破了。不仅如此，我还是杨家第一个被列入"黑户"的女娃，分不到田地不说，还被罚了一笔为数不少的超生费。这就更使奶奶对母亲的态度日渐恶劣起来。

母亲说，坐月子期间里，奶奶没有为我换过一块尿布，没有为她煮过一餐饭，以至于，待到我长至五六岁时，奶奶仍会用一双愠怒的眼睛看着母亲，然后又唉声叹气地喝闷酒。

父亲长年在外地当兵，母亲和爷爷奶奶住一起，吃饭时，爷爷奶奶一桌，我们三姐妹和母亲一桌。有时，奶奶也会心疼我们，把我们唤过去一起吃，唯独不会叫母亲。如此看来，奶奶并不讨厌我们几个孙女，她只是把"香火梦"的失败，完完全全地归到母亲身上了。

我长至七岁时，正好赶上农转非政策，父亲把我们三姐妹和母亲迁进了城里，爷爷奶奶不愿进城，两人守着镇上的老宅生活着，至此，母亲和奶奶的关系终于因为两地分居而缓了下来。

我们逢年过节会回老家看望爷爷奶奶，奶奶为此会格外兴奋，她把屋里屋外扫得干干净净，把头发梳得顺溜溜的，她还会换上新衣裳，到街上给我们买肉买酒买水果，逢人便说，我家枝桂回来了，三个孙女也回来了。

距离或许可以改变一个人的思想吧，也或许经过岁月洗涤，所有的不快也终会成为尘埃。然而，奶奶的热情让母亲多少感觉有些突兀，她表面上和颜悦色地和奶奶说着话，背地里却仍然会向我们数落奶奶的不是，比如，奶奶当年挥着扫把要把她轰出家门的情景，奶奶把父亲寄回来的钱全部私吞的事，说到奶奶手上的玉镯，母亲更是怒火冲天，妈妈说，奶奶手上的那个玉镯把我们一整年的开支都用上了，说到这儿的时候，母亲总是恨恨地吐出一口气。

奶奶手上的玉镯确实让人惊羡，那玉镯玲珑剔透、颜色柔和，轻微撞击，声音清脆悦耳。奶奶常常把手上的玉镯亮给镇上人看，奶奶说，玉镯可以避邪，可以驱毒，戴了可以长命百岁。奶奶的话我深信不疑，就连母亲也那么认为，因为奶奶的身体一直都很棒，七十多岁了，她每餐还能喝上一大碗酒，八十多岁了她还学会了做生意，赶圩的日子就挑着扁担往街上赶，一路哼着小调，逢人就打招呼，不管认识的不认识的都叫一声，凭着那张热情的嘴，她的生意做得可是有声有色。

这样一来，母亲不得不说，奶奶是沾了那好玉的福气了，你看人家隔壁三婆，比奶奶还小十岁，手上虽也戴着个玉镯，可那玉镯哪里能和奶奶的比，她那玉镯是花 2 块钱买回来的，而你奶奶那玉镯估计 200 块都有了，那个年头 200 块顶现在 2000 块了。母亲说这话的时候，我们就议论着是不是该把那玉镯拿去给专家验证一下，说不准还是古董呢。我们这一说，母亲就更来劲了，她不住地点头道，嗯，你瞧，现在那三婆又聋又瞎的，躺在床上几年了，要死不活的，而你们奶奶那是越活越年轻啊！

奶奶哪里肯依我们，只要一说拿她的玉镯去考证，就像要了她的命一样，她咂着嘴强硬地摆着手，她说，我的玉镯我自个儿清楚，好的就是好的，还用人家验？就这样，奶奶的玉镯一直陪伴至她逝世。

　　奶奶是坐在摇椅上安静地离开的，还没来得及和我们打声招呼就走了，我们在料理她后事时，发现她衣柜里放着一个红色小盒子，打开一看，里面竟是一只玉镯，最奇的是，玉镯下面垫着一张小纸片，上面写着：送给媳妇卢枝桂，希望她健康长寿，安心照顾我儿我孙女。

　　纸片上的字估计是奶奶买玉镯时顺带让人帮写的，然而，让我们感到疑惑的是，为什么奶奶把玉镯藏了一辈子，而不直接给母亲呢？我们把疑问抛向母亲时，母亲却说，这玉镯最多值2块钱，你们想想，当年我和你们奶奶闹成那样，她会舍得买个好玉镯给我？估计这玉镯太便宜，她拿不出手吧。

　　奶奶入葬前，我们请专家来断那两个玉镯的价值，专家看了半天，竟说，奶奶手上的玉镯是假的，最多值两块钱，而送给母亲那只起码值5千块啊。

　　这一下我们全傻眼了，奶奶究竟是何用意，母亲再也答不上来了。

父亲的晚餐

　　每个周五，父亲总会骑着电车从城北至城南如期而至。

　　父亲每周都要给他们弄一顿晚餐，这顿晚餐像是父亲的一场战斗，这场战斗让父亲变得格外认真。

　　父亲的晚餐很简单，一个莲藕排骨汤，一碟炒肉，一碟青菜和一条鱼，父亲说，莲藕润肠胃，排骨补钙，炒肉补热量，鱼补蛋白质，青菜补纤维素，这样足够了，吃了既胖不了，营养又跟得上。

　　他们从来不去推翻父亲的话，虽然他们觉得父亲的晚餐做得并不出色，而且千篇一律，但父亲说什么他们就听什么，父亲做什么他们也吃什么，父亲的这场战斗打得有些孤单。

　　晚餐上的父亲会呷上几口小酒，借着酒劲他会说一些似重要又非重要的东西。

　　父亲眉头锁了一下，他咂着嘴把刚咽下去的烈酒回味了半会，说，我的命不好，本来有二十年财运的，却被其它东西合走了，合成了命局里不喜欢的忌神，如此一来，我不但发不了财，还劳碌一生。

　　男人不喝酒，女人也不喝，叮叮在房间里看《奥特曼》，叮叮的叫嚷声偶尔从房间里窜出来，又被不喝酒的男人训斥下去，父亲再次咂着嘴呷下第五口酒时，把原本的话撤掉了，他看看喝着汤的女人，又看看刚训斥完叮叮的男人，又说，叮叮看个电视也没招惹你什么呀，你骂他干什么。

男人没有回应父亲的话，男人把头埋进饭碗里很快地扒完了一碗饭，男人说，我吃饱了。然后起身往书房里走，男人挪动椅子的声音触动到了女人的耳朵，女人把嘴从汤碗里缩回来，朝男人嚷，动作不会轻点吗？

父亲的话又继续了，这回听者只有儿媳，父亲说，我年轻时，小强常常嚷着要去钓鱼，你不知道，那会儿哪有时间去钓鱼呀，上班那点工资是养不起六口人的，只得利用休息时间再去打点零工，95 年那会啊，因为一次事故我摔断了五根肋骨……

儿媳咕咚咕咚地喝下了一碗汤，还没等父亲说完，就摆摆手说，爸，天不早了，你要是还回去就早点回吧，不回的话就在我们这住行了。父亲止了话，一抬手，把杯子里最后一口酒呷了进去。

儿媳给父亲盛了一碗饭，父亲不急着吃，起身朝房间里看，叮叮吃饭的碗还搁在桌子上，一碗饭才吃了几口，父亲过去要喂他，儿媳急了，一个箭步走过来，把叮叮的碗夺回来说，爸，叮叮五岁了，要让他自己养成吃饭的习惯。

父亲叹口气，点点头说，好，好，好。

父亲的饭满满的，父亲一个人在饭桌上慢慢地吃，他的牙齿不行了，嚼一下又停一会，嚼一下又停一会，一碗饭吃了很久，父亲在这碗饭的时间里想起了幼小时的男人，那时的男人也只有五岁的光景，比叮叮淘多了，那时的男人吃饭时没有《奥特曼》看，他就嚷着父亲带他去钓鱼，父亲说，你看看天都黑了，鱼都躲进大海里睡觉去了。小强把嘴一扁，说，爸爸说话不算话，爸爸说今天带我去钓鱼的。父亲说，明儿吧，明儿我早点收工，一定带你去钓鱼。小强不肯，张嘴朝父亲手上咬去，父亲哎哟一声，碗一个哐当摔烂在地上，父亲一恼，抓起鞋子就挥向他的屁股，小强哭得哇啦乱叫，那次，是父亲第一次打男人。

父亲的饭还剩下最后一口时，男人从书房里走出来，男人朝饭桌看了一眼，没有说话，父亲就说，小强，喝碗汤吧。男人摇摇头说，不喝了。然后径直往厕所走去，父亲隔着厕所门对男人说，小强，你小时候最喜欢钓鱼了，还记得那次我带你去钓鱼吗，你为了抓一只螃蟹，差点滑进河里……

男人没有回应父亲的话，只听到厕所里传来一次又一次的哗啦声，父亲终于把最后一口饭咽了下去，他看看厕所，男人还没有出来，父亲就给自己又盛了一碗汤，这是父亲的第二碗汤了，父亲煮的骨头汤男人一碗都没有喝，父亲有些奇怪，男人小时候最喜欢喝骨头汤了。

父亲的汤已经凉了，可是父亲仍不急着喝，待到男人从厕所里出来，父亲就说，小强，这汤不合你味口？男人朝空中挥了一下手，不耐烦地说，爸，你怎么那么啰唆。父亲就住了嘴，抓起碗咕咚几下就把汤喝下了。

父亲要收拾碗筷，儿媳走过来说，爸，我来收拾好了，你要回去的话就早点回，不回的话就住这吧。

父亲点点头说，回，回，这儿我住不惯。

父亲拿起沙发上的袋子，披上外套，最后又走向叮叮的房间，挥挥手说，叮叮，拜拜了，爷爷下次再来。叮叮没有回话，他对着电视里的奥特曼说，好样的。

父亲摇摇头，终于打开门出去了。

父亲的这场战斗，连个敌人都找不到，一路上父亲很沮丧。

倔丫头

丫头很倔，倔到你一巴掌甩过去，她不仅不躲，还会把脸迎上去。这样的倔丫头让母亲很头疼。

母亲让倔丫头睡觉，倔丫头不睡，她躲在被窝里看小说，看到第二天两只眼睛布满血丝，母亲说，你这副模样，哪有精神上课。倔丫头对母亲的话恍若未闻，她理了理一头乱发，又用冷水往脸上扑了一把，提了书包就往外走。母亲在后面嚷，咋不吃早饭？倔丫头把一个背影对着母亲，而后又很潇洒地挥了挥手。

高考落榜了，母亲说，再复读一年吧，准能过！倔丫头不说话，她嚼着口香糖，对着窗外的车流噼噼叭叭地吹泡泡。母亲又说，你表个态，不就是复读一年嘛，我供得起。倔丫头回过头来，把泡泡对着母亲吹，啪的一声，泡泡把倔丫头的脸盖了个大口罩。母亲没了耐性，一巴掌打在倔丫头的屁股上，让你吹，我让你吹，一天到晚没个正经样，你瞧隔壁家小玲，多乖巧，我咋就生了你这么个硬骨头！倔丫头哈哈笑，她把泡泡膜用舌头舔下来，忽而一副认真状道，妈，你瞧你那样，瘦得只剩下排骨了，还要供我读书？算了吧，你把自己养好了，养得白白胖胖的，再找个男人嫁了，我的事你甭瞎操心了。母亲"啪"地一声，倔丫头又挨了一巴掌，母亲恨恨地朝门外走，到了门口又朝倔丫头嚷，真是一坨扶不上墙的烂泥！

倔丫头要去深圳打工，还没问过母亲，就先把行李收拾得妥妥当当的了，待母亲挑着扁担从市场回来，倔丫头就提起旅行袋迎上去，母亲的眼神停留在她的旅行袋上，一脸疑惑道，上哪去？倔丫头把母亲的扁担摘下来，又顺手放下自己手里的旅行袋，把母亲的两筐水果往家里挑，母亲追上去，又问，你这是上哪？倔丫头把水果筐搁下后，在母亲脸上"叭"的一声亲了一口，说，妈，我上深圳赚钱去，往后，你不用那么辛苦了，我每月给你寄钱。母亲一听，忙拽着她嚷，放狗屁！不准走！倔丫头哪里肯依，她把母亲的手指一个一个地扳开，扳到最后一个手指时，母亲索性跪下来抱住她的腿，倔丫头没办法，就说，好，我答应你，我不走了。母亲这才缓了劲，待她一松手，倔丫头拔腿就跑，母亲在后头追，哪里追得上，一个咣当摔了个狗啃屎。

倔丫头在深圳打拼了几年，钱是赚到了，每月也能给母亲寄上不少，只是倔丫头忙得几年来没回过一趟家。直到在城里找了对象，才领着对象去见母亲，一见母亲，倔丫头就傻眼了，母亲咋变得比以前还瘦，额头上还烙了个大伤疤！倔丫头抚着母亲的伤疤说，妈，是谁把你欺负成这样，告诉我，我让李子给你报仇去。倔丫头指指身旁的对象，妈，这是李子，我们结婚了。母亲一听，一巴掌又打在倔丫头的屁股上，你个硬骨头！

倔丫头生娃了，女娃，长得和倔丫头一个模样，倔丫头对着女娃笑，倔丫头说，多俊的丫头啊，像我一样俊，就叫美美吧。

美美上中专那会，早恋了，把倔丫头气个半死，倔丫头把板凳摔在美美面前，板凳啪啦一声，在美美面前撒了架，倔丫头指着美美的脑门说，你要不断绝这早恋关系，你看我打不打断你的腿。美美哪里肯依，她把嘴噘得老高，一副满不在乎的神态，倔丫头来了气，抓起脚上的鞋子就挥过去，美美往后一蹿，摔开门，跑了，两个晚上没有回来。

倔丫头在城里找了个遍，没找着，忽而想起乡下的母亲，赶紧打电话过去，母亲说，美美刚到这，你有时间就过来接她回去吧！倔丫头这才放了心，搁下电话就去买车票，颠簸了十几个小时总算是到了家，一进门，却没看到美美，只看到母亲一个劲儿地在撞墙，她把自己的额头往墙壁上撞，把墙壁撞得嘭嘭嘭地响，倔丫头冲上去，把母亲拽进自己怀里，倔丫头说，妈，你这是干嘛？母亲呜咽地说，怪我，都怪我，美美这倔丫头又跑了，我没看好她！

看着母亲血糊糊的额头，倔丫头一下子明白了什么，她哇地一声哭了，倔丫头说，妈，我以后不当倔丫头了。

七　年

她对着镜子笑、凝眉、咬唇，最后唉一声，打开水龙头，让水哗哗地流，镜子被水雾蒙上一片白，什么都看不到，包括她的脸，可她还是执意让脸变化着，让水莫名地流，她朝镜子上划了两个字：七年。

她的眼睛出现在"七年"的笔画里，还有一张淡红色的唇，她一挥手，又把"七年"抹掉，镜子里顿时出现一张四分五裂的脸。

保洁阿姨走进来时问她，小捷，还没走啊，都下班好久了呢。

她僵硬地笑，然后拧紧水龙头说，马上走了。她打开门走出卫生间，回到办公室，拉开抽屉，拿出挎包，再往肩头上一甩，踢踏着高跟鞋走出来，把整个楼道敲得哒哒响。

又是一个梅雨天，纵使这天可以使杨柳吐春，桃花放艳，却止不住墙壁上的霉迹慢慢地滋长，她挠挠脸上细微的痒，她想七年了，她的婚姻就像这些在春天里滋长出来的霉迹一般，丝丝地痒。

昨天她男人说她企图要谋杀他，谋杀他的理由很简单，只因一罐忘记关阀的煤气，她男人说，你猪脑啊，整天忘关煤气，是不是存心要谋杀我。她一听，扯着嗓门也开骂，谋杀你？值得吗？杀了你我还得给你收尸，这脏活我干不了。

七年了，七年伊始，他们战争不断，战争不断之后，她的婚姻无处不痒。

她骑着电车以最缓慢地速度前行，她看到前面一个骑着电车的身影有几分熟悉，定睛再看，没错，他是技术部的丁乙，刺猬头，黑框眼镜。

她想，他平时不是开着一辆本田吗？怎么今天和她一样坐起电驴来了？她没有追上前去询问，以她现在的心情，她没有心机去和任何人打交道，她保持着原有的速度，始终和他保持着一定的距离，她想，反正他住在清风别墅，到了前面他肯定要拐弯，她没有必要上前与他打招呼。

然而让她没想到的是，到了路口处，他没有拐弯，他一直前行，直到她进了自己的清华小区，他还在前行，她突然想起某个同事说过，他在紫荆苑也有一套小房，而紫荆苑就在清华小区前面。她为自己无谓的猜想摇头，她觉得自己神经有些过敏，她想，他住哪里关她什么事，他开什么车又关她什么事，这一想，她又埋进自己的婚姻里。

激战过后必定是冷战，她和她的男人总是这样，要离不离的，反正日子还是照过。

晚上，和同事在网上瞎侃，她说起丁乙改骑电驴的事，同事很纳闷，纳闷之后，同事就说，他不会是离了吧，听说他和他老婆的关系一直很僵，前阵子还闹着要分家产，搞不好那大别墅和车都卖掉了，两人把钱三七分了吧？

她在电脑前打出几个"呵呵呵……"的大字，脸却阴下来，她想，说不准她也要离了。

她被丁乙撞见是在一个雨天，正值上班高峰，当时她没有带雨衣，她缩着脖子在桥底下躲雨，丁乙停在她面前的时候，她还傻愣愣地望着雨衣里的人，丁乙朝他晃晃手，丁乙说，怎么被雨淋傻了？她浅浅一笑道，忘了拿雨衣。话刚出口，丁乙就跳下车，把自己身上的雨衣唏哩哗啦地扯下来往她身上披，丁乙说，你穿我的，晚了就迟到了。她不禁闪了一下身子，丁乙说，你怕啥呀，不就是件雨衣嘛。她说，那你穿啥？丁乙拍拍胸膛道，你看我用得着穿吗？她连连摆手道，不行不行，我还是在这等一会吧，你走你的。哪想那丁乙索性蹲下来说道，那我也在这等，我迟到也是你害的。她不得不穿上他的雨衣，他在前，她在后，他披开雨帘，却打湿了她的心，她想，他是不是真的离婚了？

　　春风暧昧地吹拂着所有的事物，包括她的心，然而七年之痒又像冷不丁飞来的鞋子，在春的气息里，在痛痒之切中，她的思绪被搅得一团乱，她有一种奇怪的想法，这些想法使她情不自禁地把一些人不断地拆开、再拆开、再组合，比如她和丁乙，她的男人和丁乙的女人，或者是她、丁乙、她的男人、丁乙的女人，还有两个未知人物，她把这些人无谓地组合了几个来回之后，竟哧地一声笑了，她想，七年，呵！七年嘛，可以原谅一下自己。

　　下班时，她把雨衣还给丁乙，丁乙顺带问她，你住哪？她说住清华小区。丁乙露出一双意外的眼睛，他说，我住紫荆苑，我们同路呢。她呵呵笑，她说，你不是住清风别墅吗？他叹口气道，嗨！别提了。

　　嗨！别提了。嗯，是这个意思，别人一旦触动到她的婚姻，她也总是说一声，嗨！别提了。她没有再追问下去，他和她一起下了楼，一起并肩骑着各自的电车，谁都没有再说话，直到一辆小轿车突然在拐角处闪出来时，他突然朝她喊起来，小捷，小心呀。她把车刹住，朝他笑，她说，没事，远着呢，撞不到我。

　　他呵呵两声说，你不知道，我家女人前阵子撞车了，惨啊，几乎成了植物人，为了筹钱我把车和别墅都卖了，以后，想吵架也没有对手了，唉……

　　她愣在那里好一会，突然又转过头来问丁乙，你们结婚多久了，丁乙说，七年。她吸一口气，咂着嘴，呷着吸进的春风，又甩甩肩头的长发，说一句，嗨！七年算个什么东西，以后日子还长着呢。

蠢老豆

她们都不叫他老爸，而是叫他老豆。

老豆住在城的北边，老大住东边，老二住西边，老三住南边，一家子正好把城的东南西北围了一圈。

老豆隔三差五地就会往东南西三个方向跑，刮风下雨就坐公车，晴空万里就坐电车，老豆乐此不疲。

三个女儿的房子均达到 150 平米以上，宽敞明亮不说，装修得也各具特色，老大的西式豪华型，老二的中式典雅型，老三的现代简约型，为此三个女儿常常动心思要改造一下老豆的小房。

老豆对自己的房子很满意，虽然谈不上什么流派，但朴实而整洁，很符合他的要求，三个女儿磨破了嘴皮也动不了他的心思。

偶尔，三个女儿会凑一起拉拉家常话，说到老豆，三个都不约而同地摇头，老大说，老豆真是够蠢的，几十平米的小房子，周边环境又差，让他搬过来和我们一起住，他还倔得像头牛。

老二正起劲地嗑着瓜子，对老大的话深表赞同，她把嘴里的瓜子壳呸呸地吐出来后，用极快的速度响应了老大，可不是，要帮他装修一下那房子，他还老大不情愿，好像我们要把他那房子吃了一样。

老三对着电视机看得入了迷，对老大和老三的话没反应过来，老大就朝老三肩膀推了一把，老三赶紧示意道，就是就是，老豆就是个蠢老豆。

老豆就爱往三个女儿家跑，不跑的时候，他就一个人呆在自己的小房里看书或者发愣，老豆常想，三个女儿都嫁人了，生活也都过得不错，本该高兴才对，可心里总觉得有点疙瘩，这疙瘩就像一团粘糍粑，把他的思想粘得有些转不过弯来了。

老大为了使老豆搬过来和她们一块住，就想了一招儿，她在自家小区外买了间商铺，做起了五金生意，老大请了个工仔，又请老豆过来，老大说，老豆，你得帮我们打理打理这个店铺，我们平时都得上班，又不舍得花钱多请一个工仔，再说了，自家人比较可靠一点。老豆一听，二话没说，就点了头。

五金店从早上9点开门，到晚上10点关门，老豆和工仔在店里吃饭、聊天、做买卖，待老大过来接班时，也差不多晚上九点多了，老大本以为，老豆从此会屈服了她，就地住了下来，哪承想，老大一过来接班，他就又蹬上他的电车风尘仆仆地往北赶，老大的气一下子就冒了起来，呷着嘴朝老豆的背影骂，真是个蠢老豆。

老豆摔伤了，在往老大家去的路上被后头驶来的一辆小车碰倒了，虽说伤得不算严重，但老豆的脚还是被崴了一下，动弹自然不如从前灵便了，这下子老大老二老三都跑来了，问寒问暖的，还带了一堆补品过来，老豆坐在藤椅上，弯着眉笑，老豆说，也不是什么大病用不着那么多补品。

老大正忙着给老豆冲人参茶，回过头来看老豆那脸上的笑纹，漫不经心地说，老豆，你这笑容很久没露过了，今这一瞧啊，比那周润发还帅。

老二在一旁呵呵笑，老三一不留神就又吐出那句话，老豆啊你真是个蠢老豆，让你住好房子你不住，瞧，这下折腾出来了吧。

老三这一说，老大也附合着，就是，老豆啊，听我们的吧。老二正把手里的西洋参往包装盒里塞，听了老大和老三的话就住了手，说，你要觉得和我们住不惯，就让我们把这房子装修一下，瞧，这房子，外人一看，还以为我们不孝顺呢。

老豆还在笑，笑得两眼眯成了缝，老豆抹抹那头白发，乐悠悠地说，这房子要装修，也得花个五六万吧，你们舍得我还真舍不得呢。

老三就又嘴快道，唉，真是个蠢老豆。

老豆把脊背往后一靠，张嘴道，唉，我知足了，你们三个来看我一趟我就知足了，往后呀，还是我去看你们吧，你们都忙，都挤不出时间来。

老大老二老三这下子都沉默了，相互看了看，就又埋头摆弄手里的活儿。

老豆就又说，前阵子，隔壁家的老刘过来看我，他家小叶子又给他捎了几个大地瓜，甜哩，还分了我两个，呆会你们也拿去煮糖水喝。

老豆指指厨房，呐，就放那，门落里，老刘家的小叶子估计和老三一样大，天天都来，有时也会顺道来瞧瞧我，呵……

回家的路上，三个女儿都蔫蔫的，老三提着老豆塞给她的地瓜，满脸愧意，她看看天上的月亮，又看看老大和老二，终于说，往后咱轮流来看老豆吧。老大和老二不说话，只拼命地点头。

那会儿，头顶上的月亮忽而就笑了。

城市上空的鸡鸣

那个念头像驴打滚一样，从心头滚到脑海，又从脑海滚到心头，来回地滚了几个白天和夜晚，老柱沉不住了，在一个斜阳穿扉的时刻，他窝在墙角里吐出一句话来，这话一出，灶台旁吹烟筒的桂枝"倏"地一声，把吹出去的气又抽了回来，烟尘顺着烟筒把桂枝呛了一脸，桂枝的脸顿时拧成一张酥麻饼，桂枝说，强子不是坚持不让咱进城吗？

不让进，就不进了？五年了，一个影没见过，心慌！

他忙。桂枝叹口气，抬起烟筒，又继续往灶里吹。

再忙也得见个影！

桂枝不吱声了，仍旧"呼呼"地吹，锅里的水滚了两趟，才想起该下面条了，就直起身把面条哗啦啦地往水里拨。

这招叫先斩后奏！老柱坚决了口气，我就不信，那小子能拗过我。

为了见上强子一面，老柱使过不少招儿，什么老娘病入膏肓、什么老爹跳河之类的绝顶说辞都使过了，不成！强子一句话就顶了回来，爹，你让咱哥和咱姐们先顶着，我这边把钱打到您存折上，该花就花，不够就吱声。

钱！又是钱！谁稀罕你的钱！老柱恨得把电话摔烂过几个。

老柱一副老骨头，钱摸得不多，想得也不多，他只图个一辈子安心，而眼下，这强子五年没露过影，叫他怎么安得下心来，他说他忙，老柱就说，你忙你的，我自个儿上城，用不着你陪，让俺看你一眼就成。那边却说，工程又紧又多，今儿在深圳，明儿在广州，再明儿可能又跑苏州去了，你来了，说不准也见不着我。老柱叹口气，那边又说，爹，你再坚持一阵，明年我一定回。

几个明年都过去了，强子还是不断地重复着：明年、明年、明年……到底何年才是个头！

桂枝把在山上果园里放养的两只土鸡回了笼，搁在院里，天刚蒙蒙亮，鸡就"咯咯咯"地叫，叫得老柱和桂枝加紧了手脚，直往车站赶，上了车，桂枝还一个劲儿地交待，记着了，那可是两只上等的好土鸡，城里的饲料鸡……

话还没说完，老柱连连摆手，知道啦知道啦，啰唆个啥劲呀。

城里车流如川，人头攒动，老柱提着纺织袋和两只鸡，在车站里找不着北，他摸出手机往强子那拨，手机是强子第一年进城打工时给他寄来的，五年了，老柱把那手机像宝贝一样爱着，连同邮局那个包裹袋也不忘了锁进柜子里，时隔五年，老柱总算明白了，这手机再漂亮，也顶不过一个包裹袋，手机不能让强子说出他的住址，而这个包裹袋上却是清清楚楚地写着呢，就是这地址让老柱铁了心，自个儿上城里来了。

电话打不通，老柱索性不打了，他掏出强子的住址，截了辆三轮的，直往强子那奔去。折腾了将近一个钟，才找着强子的住处，那是一排低矮的砖房，歪歪扭扭地向远方延伸着，老柱敲了门，一声、两声、三声……第五声时，一个赤裸着肩膀的女人开了门。

你找谁？女人上下把老柱打量一番。

强子在吗？看到女人，老柱心眼咯噔一下。

找错了。女人快速地把门扣上，容不下老柱多问一句。

老柱在门外站了半会，又拨强子的手机，手机仍不通，老柱忍不住又敲开那扇门，一声、两声、三声……第八声时，出来一个光着膀子的男人，男人虎背熊腰，一脸凶气。

你干嘛的？

强子……不！张小强，你知道张小强上哪了吗？

滚！你瞧你把我这里弄得多脏。老柱顺着男人的手指看去，两团鸡屎正散发着氤氲。

老柱抬起脚板，把鸡屎一捻，捻成了水画，继而抬起头想接着问，没想男人一个咣当，把老柱手里的鸡踢向高空，伴随着一声巨吼，门终是又愤怒地扣上了。

天空上的鸡"咯咯咯"地狂叫，羽毛、鸡屎、灰尘，像散落下来的烟花，一点一点地消失，又一点一点地呈现，几个人从窗户探出头来，嘀咕了几句又缩了回去，一个胆大的小子坏笑着，对老柱挤眉弄眼道，那么老了，还出来找鸡，厉害、厉害……

老柱再次拨打强子的手机，这回通了。

电话那边知道老柱进城后，声音急促起来，爹，你怎么不事先打声招呼，我这会在上海呢，你知道我现在要到处跑，深圳的房子早就退了，没有固定住所，爹，你回去吧，明年我一定回去。

明年，又是明年，何年是个头呀！老柱心里哆嗦得紧，一咬牙就甩出一句狠话来，你小子再不回来，我就报警了，我让警察帮我找，我就不信找不着你了。

那边的声音更加急促地传来，爹，你不急，我现在有事，我等会打给你。电话"嘟嘟嘟"地断掉了。

老柱提着两只鸡在路边等，等得心烦意乱，等得直想骂娘，强子的电话迟迟未来，老柱拨过去，电话一直占线着。

强子到底咋了？老柱和旁边的鸡嘀咕起来。

老柱是不会明白的，或许他手里的鸡倒是明白些，它们或许听到了，不！一定听到了，那个电话在说，张总，不好办了，我的口技再好，恐怕也瞒不过夫了，强子他爹找上来了，你看……那个事咱也不是故意的，是强子他自己先拔刀的……

两只鸡"咯咯咯"地不断低鸣着，惊魂未定地，随着城里的喧嚣，一点一点地被掩埋。

抽烟的少年

少年斜靠在栏杆上，双脚叉成"叉"字，少年的牛仔裤漏出一个"口"，"口"里有少年白皙的膝盖，少年的红色 T 恤染上了黄色的大字，大字醒目而耀眼。

少年手里的烟像一支枪，枪在手指间慢慢地散发着未尽的火星，忽闪忽闪地，随时有灭掉的可能，不远处搁着一套小茶几，茶几上一个圆形烟灰缸锃亮亮地闪出光芒，少年对它视而不见，任凭手里的烟灰落了一地。

那是一条公共走廊，走廊上几间办公室里传来一些碎语，少年朝那排办公室扫一眼，装饰公司、美容机构、广告公司、建筑安装工程……这些装修得十分典雅的办公室都不属于他，他只是一个印刷厂里的零工，他常常要把样版送给广告公司验收，他对这样的工作乐此不疲，特别是这间广告公司，特别是这条公共走廊。

每次少年都要在这条走廊抽上几支烟，虽然少年还长着一张稚气的脸，偶尔还会被烟呛得咳咳响的少年喜欢对走廊上的清洁工露出微微的笑，那笑在嘴角上嵌出两个小酒窝，酒窝一恍又不见了，少年的心像失落的气球，少年想，那个叫翠姨的清洁工不应该是这样的，她不应该仅仅回以一笑。

少年的母亲失踪了。

少年的学校离家很远，少年一个月才回一趟家，少年记得母亲失踪的那个月，每天都在下雨，后来，父亲就打电话过来，父亲说，天气不好，这个月你就不要回来了。少年很听话，那个月少年在学校里很认真地看书。知道母亲失踪之后，少年极度后悔自己的"听话"，他不断地追问父亲，父亲总说，母亲和别人跑了。少年不信，少年想，他的母亲怎么会和别人跑呢，他的母亲长得并不漂亮，而且还很啰唆，有哪个男人会要这样的母亲？

母亲最喜欢啰唆父亲抽烟，母亲说父亲抽烟时的样子像一条饿狗。

母亲啰唆完父亲之后，又总要再啰唆一遍少年，母亲说，浩子，你可不能学你爸呀，我可不想和两条饿狗生活在一起。

母亲在的时候，少年从来没抽过烟，即使是母亲失踪之后，少年仍然固执地坚守着母亲的愿望，并且轮到他不断地啰唆父亲，少年说，爸，你别抽了，说不准就是你抽得太多了，我妈才跑的。少年的话对父亲来说像一阵风，风从父亲的左耳穿过，又从父亲的右耳直射出来，然后变成一道烟，被父亲的鼻子一吸，吞进肚子里不见了。

少年读完高中就不读了，进城里打工，他骑着自行车，穿着印有黄色大字的红色 T 恤衫穿梭在城市里，日复一日。

广告公司里的员工把走廊上的清洁工唤做翠姨，少年不想这样唤她，少年想她或许不叫翠姨，因为她有着一张和他母亲几乎一样的脸，她的脸形呈方，上面有明显的黑斑，眼细长，一笑，上下眼睑像被胶水粘成了线，她的嘴很厚，带着紫黑色，少年想她的胃可能不好，他的母亲也如此。

她的皱纹也很多，像一条条黑色的蔓藤，藤延伸至她的发根，又被斑白的头发掠了去，不见了。她的头发盘成个螺，光溜溜的，她的衣服总是那么干净，一身蓝，看不到一点污迹，她的嘴角也有一颗痣，那颗痣深刻地映入少年的眼底，少年想，她或许就是他的母亲，她的母亲确实是这样的。

少年在走廊上抽了一个星期的烟，即使没有样版送给广告公司，少年也要在那里抽上几支，然后又发出"咳咳咳"的响声，翠姨眼看过来，少年还是对她笑，而她的笑却逐渐减少，以至于变成一道愤怒的目光。

少年几乎确定了，她确实不是翠姨，否则她怎么会愤怒呢？而且她愤怒的表情和母亲如出一辙，母亲啰唆父亲时的表情也如此，两眼撑开，眉毛扬起，嘴唇颤抖。

翠姨越愤怒，少年就越高兴，少年的笑停留在脸上，久久未消，少年就等她的一句话，少年想，她一定忍不住会把那句话啰唆出来，她一定会说，浩子，你竟然学你爸抽烟？她还可能会说，浩子，抽烟的男人就像一条饿狗！

翠姨的话确实是憋了很久的，在那个细雨蒙蒙的天气里，当少年手中的烟掷落在地上的一刻，翠姨说，小伙子，你尊重一下别人的劳动好吗？烟灰缸就在那里，怎么总把烟头丢在地上。

少年一怔，眼睛里猛然喷出一丝酸楚，他的唇隐隐地颤动，忽而整个身体倏地跑掉了，少年的 T 恤衫在奔跑中飞扬，像一面旗帜，旗帜上面写着：寻找妈妈李晓萍。

寒　风

寒风肆虐，夜咆哮着。

江边上那棵老榕树被刮得哗哗响，米镇的房屋在寒风中显得很荒芜，房子里冷森森的。

阿里咬着牙说，你尝过被这样的寒风刮一个晚上的滋味吗？

女人不说话。十婆用胳膊肘儿顶了一下阿里。

阿里没理会，又说，你当年真他妈的狠心。你听听外面的风，那风几乎可以拔起一棵小树。

女人从包里掏出一沓钱，仍不说话，她把钱塞进十婆那只苍老的手中。十婆不接，把钱推了回去，女人也推，两人的手在空中推了几个来回后，阿里"倏"地站起来，他把钱夺过来，"啪"地一声甩在地上，有钱了不起啊！滚！我这辈子不需要钱，没有钱，我他妈的过得真舒坦。

女人眼眶红了，十婆的嘴隐隐蠕动着，终于挤出一句话，阿里啊，阿里，这是你娘呀。

阿里朝女人"呸"了一声，她哪里配做我娘。我娘在我出生时早就死了。

女人扑通一声跪下来，女人脸上已经挂满了泪，女人说，阿里啊，阿里，是娘对不住你，当年娘实在没办法呀。

十婆晃荡着身子去扶女人，女人摆摆手，不起，十婆又用胳膊肘儿去顶阿里，阿里无动于衷，女人拖着膝盖往阿里面前移，膝盖被磨得"嚓嚓"响。十婆又战栗地去扶女人，十婆说，起来，起来说话，天大的坎儿都迈过去了，还怕什么！

女人把膝盖拖到阿里面前时，阿里疯了似的往大门走，他突然"咣当"一声把大门打开，咆哮道，滚！给我滚！女人垂着头哭，肩膀一颤一颤地。阿里把女人拉起来，拉出门外，女人在寒风中战栗，她感觉到自己的脸被刮了一下，一下，又一下。阿里站在门边笑，笑得僵硬而颓废。

夜黑得像个大窟窿，把寒风这把刀刃给掩藏得一丝不露。

十婆再次晃荡着，她一步一步地往女人走去，阿里喊，婆，回来！婆！我不要什么娘，我一辈子都呆在米镇，我陪你一辈子！十婆没有理会阿里的话，她径直走向女人。阿里叫不动十婆，他拔腿奔过去，奔到女人跟前，拽着她手臂往江边走。十婆在后头喊，阿里，你要带你娘上哪儿去，阿里……

阿里把女人拉到江边的榕树下，十婆也蹒跚而来。

三个人在榕树前像三具蜡像，他们都不说话，偶尔传来女人嘤嘤的哭声、阿里呼呼的喘息声以及十婆唉唉的叹息声。

寒风仍然肆虐着，愤怒的厮杀声此起彼伏，他们看到榕树像一个无畏的战士，在与寒风英勇地搏斗。他们回想起这棵榕树在二十年前，在同样是寒风肆虐的夜晚，它执着而顽强地保护着一个叫阿里的婴儿。

这是一场搏斗，搏斗，搏斗！天地良心的搏斗。

阿里恨恨地说，你在这里尝试一个晚上被寒风侵袭的滋味吧。说完，他搀扶着十婆要往回走，十婆不愿走，抽出胳膊反抱住阿里，十婆喃喃地说，阿里啊，阿里，她是你娘啊。阿里迈不开步子，他抬头望去，仿佛沿江街上的房子半会功夫全亮了灯，灯光散射在黑夜里，在寒风的呼啸声中瑟瑟地透出一缕温暖。

阿里执拗地回了房间。他坐在挂钟前，看着挂钟一点点地动。

一秒、两秒、三秒，曾经的时光从挂钟里走了出来。

他看到十婆把他从榕树下抱回来，她给他唱歌，给他缝裤子，给他煮面疙瘩……可是十婆并不高兴，这二十年来，十婆总是拿着一个孩子的相片偷偷抹泪，十婆总是念叨着，阿良啊，阿良，天下母亲都是一样的，都是心头肉啊，我那是没办法啊，阿良啊，阿良，原谅娘吧。

　　挂钟当地响了一声，又当当当地响了三声，四点了。

　　阿里从时钟里走出来，他眼前晃过十婆的脸，又晃过女人的脸。

　　阿里似乎明白了什么，虽然十婆从未对他提起过阿良的故事，但这几十年来十婆对阿良的思念，何尝又不是如寒风肆虐那般煎熬呢？

　　阿里站起来，抖了抖僵硬的身体。

　　此刻，寒风把整个房间都侵袭了，冷风钻进他的脖子、袖口、耳朵，并且不断地呼啸着。阿里冲出大门，直奔到江边的榕树下。

　　女人和十婆并排坐在一起，像两具蜡像。

　　阿里说，回屋里去！女人吃惊地看着他。

　　阿里又说，回屋吧……娘……

　　女人的眼泪"哗"地一下就淌了下来。

　　阿里扶起十婆，又拉起女人，阿里喃喃地说，我挨了一宿的寒风算什么，你们挨了大半辈子的寒风哪，咱扯平了。

　　寒风忽地止了。夜变得很安静。

那天早晨

除了天气偶尔会有些变化外，何里的早晨几乎都是一样的。

何里住三楼，李鱼住四楼。

每天早晨七点十分，李鱼就会在卧室里跳绳，绳子甩在地板上发出"嗒嗒嗒"的响声，这些频繁而有节奏的声音传到三楼的天花板上，何里就按时起床了。

何里匆忙地刷牙、洗脸、上厕所、刮胡子，待这些工作完成后，李鱼就会带着飞飞按时敲开他的门。

飞飞是何里和李鱼的儿子，刚上一年级，长得精瘦，一双眼睛黑溜溜地，喜欢盯着人看，却不爱说话。每天早晨，飞飞像只羔羊一样被李鱼拉至三楼，见了何里，飞飞便轻轻地眨一下眼，何里便笑。何里喜欢摸着飞飞的小脑袋说，飞飞昨晚做了什么梦？飞飞总是摇摇头，再看看李鱼时，他又会把摇头变成点头。

何里和李鱼偶尔会在送飞飞上学的路上说一些话，但更多的时候两人是缄默的，三个人坐在车里各想着各的事。

在说话前，李鱼总会看一眼开着车的何里，然后咳咳两声说，晚上我加班，你接飞飞。何里就点点头。李鱼继而回头又说，飞飞，下午爸爸接你。飞飞便也点点头。

何里觉得这样的早晨像一潭死水。何里在这潭死水里挣扎，而李鱼却在游泳。何里常想，李鱼或许就是一条鱼吧，据说鱼是天底下最温柔的动物，连报复人的手段也是温柔的。就像如今李鱼对他一样。

何里和章甜甜的私情李鱼或许早就知道了，可她从不闹，也没说要离。她只是在某天早晨很平静地对何里说，以后我们分开住吧，飞飞和我住。

何里没有理由不同意，待三楼那套房子的租期一到，他便黯然地搬了下去。搬进去后，何里就极度地后悔当年的买房计划，当初他不该听李鱼的话，非得上下层各买一套，如今看来，他似乎觉得这是李鱼计谋，也或许李鱼从嫁给他的那一刻起，对他的忠诚度就没信任过。

李鱼越平静，何里的内心就越翻腾。待晚上去接飞飞的时候，何里就忍不住问飞飞。何里说，飞飞，你妈妈最近有没有带陌生的叔叔回家？飞飞用一双黑溜溜的眼睛看着何里，先摇摇头又点点头。何里急了，一把抱起飞飞说，飞飞要说实话，爸爸带你去吃肯德基。听到肯德基，飞飞的脸漾起一层笑花，飞飞拍起手说，好！好！何里又问，那妈妈到底有没有带陌生的叔叔回家？飞飞仍然点点头再摇摇头。何里的肯德基没有起到任何作用。

那天早晨，天气很好，好得让何里没有等到李鱼的跳绳声，自己就先起床了。何里漫不经心地完成了该完成的工作后，就站在阳台看远处那一抹朝红。何里想，或许今天该和李鱼好好谈谈，家庭嘛，哪个没有个波折的？正想着，敲门声响了。何里快步走过去，门刚打开，李鱼"啪"的一声，一个响亮的耳光甩了过来，何里要说什么，李鱼又"啪啪"两声甩过来，把站在旁边的飞飞吓得直往后躲。何里说，你打吧，把心里的气全发出来。李鱼没有手软，她继续"啪啪啪"地往何里脸上甩，直至李鱼恨恨地挤出一句话来，真不要脸，自己在外面玩，居然还怀疑到我头上来了！

李鱼的话刚说完，躲在后面的飞飞突然拔腿跑起来，楼道顿时响起"咚咚咚"的响声，李鱼和何里几乎同时喊，飞飞，上哪去……

李鱼追出去，何里摔上门也追出去。飞飞没有停止脚步，他头也不回地往前冲，冲至小区门口，冲过马路……一辆疾驶而来的汽车"嘎——"地一声刹下来，继而又听到"嘭——嘭——"两声巨响，三车追尾了！飞飞站在马路中央抱着头叫。李鱼和何里傻眼了，李鱼把飞飞抱起来，轻轻地抚摸他的头，李鱼说，飞飞不怕，爸爸做了坏事，我在批评他。何里又说，飞飞不怕，爸爸做了坏事，在接受妈妈的惩罚。

　　飞飞终于"哇"地哭了，边哭边说，爸爸和妈妈没有离婚，河里还有鲤鱼，爸爸还有妈妈！

　　李鱼红了眼，何里鼻子酸酸的了，他俩相互看一眼，李鱼就说，明儿，我们让爸爸搬回来住。飞飞一听，坚定地点点头，又点点头。

　　三个车主骂骂咧咧地朝他们走来了，李鱼想，唉，真是个失败的早晨。何里却想，一潭死水终于被晒干了。想着，他"啵"地在飞飞脸上亲了一口。而后笑脸迎向车主。

逃离黄昏

苏西……

我转过头，是黄瑛华，内分泌科的主治医生，还没等我张口，她就把我拽到树荫下，你还敢来呀。

我说，我不卖药，我改行了，卖保险。

黄瑛华不管我卖什么，自始至终没有要放开手的意思，不仅不放，反而又更紧地拽了拽我，院长一个月内连开三次会，要求我们坚决抵制医药代表进入医院推销药物，你还敢来？

我咽了把口水并再次声明了我的行业。

黄瑛华还是没有明白我的意思，她一把将我从医院门口又拽向更远的街头，她说，先避一避吧，在风头上呢。

我说，避到什么时候，我半年没有收入了，我得生活是不是、得供儿子读书是不是……

黄瑛华"得得得"地向我打着停止的手势，我住嘴后，她就说，这10年你也捞够了吧，起码上百万身家了吧，你别以为我不知道，干你们那行的即使坐吃三四年，也拔不了你们几根毛……

这回轮到我一把拽住黄瑛华的手，我说，黄姐，你帮帮忙，也不难，你给我提供一些客户，病人啊、同事啊什么的，只要有资源，我这保险就有希望了，你说吧，卖保险不坑人吧，实实在在给个人乃至全家带来保障的好东西，我卖得也心安理得。

黄瑛华掰开我的手说，成，没问题，但今天不行，今天院长还要开一次会。说着抬起手腕看了一下，又说，会议马上要开始了，你先回去，到时我找你。

我和黄瑛华的关系应该还算铁吧，当然这铁的关系是有成分的，这10年里她从我这里拿到的回扣绝对不少于7位数，仅凭着这7位数的回扣，这关系不铁不成。然而如今不同了，新上任的市委书记为了解决群众看病贵的问题，出台了一条新政策，要求医院强烈抵制我们医药代表推销的药物。

这新政策把几年来看病贵的问题掀了个大跟头。就昨天吧，我那离了三年的老公刘大卫还兴高采烈地打电话过来"祝贺"我，他说，苏西啊，你折腾了10年，这回总算可以休息一会了。

刘大卫的话只有我明白，想当年，我大把大把地揽钞票时，他却一心一意地守着医院那份水电工做得死去活来。我劝过他，我说，刘大卫，我教你入行，只要你跟着我一起干，咱家的生活水平一年内绝对可以奔大康。而刘大卫偏不愿，他说，我不图什么大康，我就图个心安理得。然而他要心安理得，我偏又不让，我后来给他个下马威，我说，刘大卫，如果你想真正过上心安理得的日子，咱就一起干，否则咱就离。闹了一年后，我们果真离了。

刘大卫所图的心安理得我也是明白的，他是那种善良得有些软弱的人，他只奉承拿该拿的，不拿不该拿的。即使在离婚之后，他仍不断地打电话给我，他说，苏西，你不要干了，这种坑人的工作迟早会被人砸死，你以为人家不知道你们勾结医生那档子事？百度一下全搜出来了。

刘大卫的劝告也曾经让我动过改行的心思，然而这心思刚动没几天，最后又被金钱诱惑去了。我一干就干了10年，这10年里我给自己添了三套房子，一辆2.0日产蓝鸟，可谓是人面桃花，春风得意啊。

如今我不得不改行了，为这保险业务，我可是绞尽了脑汁，我奔小区，奔单位，奔街头，被泼过冷水，被骂成人渣，不成！几乎天天碰壁，后来我就想到了医院里的旧客源，我想凭着当年的交情，让那些曾经吃过我回扣的医生向病人或者家属推荐一下，怎么着也应该有点希望吧。

两个星期后，黄瑛华来了电话，她给我约了个客户，我兴奋不已。

然而刚走入约定的咖啡屋，我就后悔了，因为我看到了刘大卫，刘大卫见了我，一脸的皱纹就舒展开来，他说，苏西同志和谁约会呢。我瞪他一眼道，别碍事，在等客户。刘大卫似乎没有听到我的话，他一把将我拉到座位上，说，我们好久没有那么浪漫地喝咖啡了。我刚要回他，他又抢过话来，别等了，是黄瑛华让我来的。我愣了半天，他又说，万事开头难，有个开头就好了，如果不嫌弃的话，让我做你的开门红吧。

我别过脸去，窗外，一轮红日正挂在天边，把城市给染红了。

刘大卫又说，我知道这半年里你一直在逃离，逃离那份黄昏事业。

我恍然一悟，刘大卫就一手揽了过来，他呵呵笑道，你成功了，有我嘛。

遥远的村庄

那年我消失在村庄里，那年我 22 岁，正值血气方刚。

那年的除夕，阳光还好，微微地吐着春意，我决定在那天离开这座城，虽然我无处可去。

我害怕城里那些无处不在的警察，他们的目光像一把把利剑，一不留神就会穿透我的骨髓，我的衣服漆黑破烂，我的头发打了难解的结，还有我的脸，我的黑脸遮盖了我的五官，你完全想像不到我会是一个乞丐，虽然我年方 22 岁，虽然我血气方刚。

我蹲在高速路口收费站前的一排树荫下，漆黑的身影与树影、黑泥混成一团，所有人都急匆匆，所有车都开得飞快，他们对我熟视无睹，大家都在赶往回家过年的途中。

除夕了，我也想回家。

一辆大卡车停了下来，瘦小的司机搓着手呼出热气，他嘀咕了一句什么，然后在前轮胎上摸一下，又踢一脚，然后又搓搓手板，又呼呼气，就跳回了车里，在他跳回车里的那一刻，我以极其轻巧的动作跳上了他的车厢，这个机会实在难得，我守了一个上午，我看了一个上午的车，我的身体在这个漫长的上午中不断地颤抖，牙齿逐渐开始打架，我冷！虽然那天的阳光还好。

卡车里凌乱地散着一些麻袋，我把这些麻袋披在身上，垫了屁股，我蜷缩在车厢的角落里，听着车声"哐啷哐啷"地呼啸，冷风撷着微弱的阳光在我身上乱舞，然而疲倦把我折磨得忘记了寒冷，我记不清有多少个夜晚在惊醒与胆怯中度过，我开始打盹，渐渐地进入梦乡。

胖韦那张狰狞的面孔又浮现出来，张牙舞爪地向我咆哮，我奔向遥远的村庄，村庄里有我娘，有漫天野菊花，还有快乐的小麻雀，胖韦的手抓住我的衣角，一扯，衣服破了，继而他扑过来，撕扯我的肉，他一块一块地地咬，我的血淌成了河，河淹没了我娘的脚底……

我又被惊醒过来，我恨得咬牙切齿，我在心里怒骂，操他奶奶的！胖韦算个鸟！他死得活该！

胖韦是被我打死的，在那个阳光明媚的下午，胖韦因为一场输棋而不断辱骂我，先骂我祖宗十八代，再骂我爹，最后骂我娘，胖韦骂谁都可以，就是不能骂我娘！

胖韦说你娘是是鸡，整个村的人都知道。

我说你再说一遍！

胖韦昂着那张胖脸又说，你娘是鸡！

我立马一个巴掌抽过去，胖韦咣当摔在地上，胖韦爬起来，试图往我肚子上踹，我一闪，他的脚踹在了棋盘上。

那个下午阳光中了邪似的慷慨，整个村静悄悄的，村里的人大多都下地干活了，包括我娘。无聊的胖韦就在这个时候走进了我的房门，他在看到我无聊地打游戏时，对我说下盘棋吧，谁输谁请吃烧烤。我愣了一下，感觉肚子咕噜叫了一阵，然后点头，下就下吧，谁怕谁。

胖韦的脚因为没有踹到我，而变成一头愤怒的狮子向我冲过来，他真他妈的胖，整个身子像块笨重的石头撞击着我的脑壳，我被他夹在墙壁上，他的手腕卡住我的喉咙，我几乎无法呼吸，我的手胡乱地摸索着，我在旁边的桌子上摸到了一把刀，那把刀很小，很小的一把水果刀，我摸到之后，我就向胖韦的肚子捅去，我听到胖韦"嗙"的一声重重地摔在地上，血从他的肚子里漫延……

城市上空的鸡鸣 ‖ 47

我逃出村庄，我把自己变成一个乞丐，在城里晃荡，晃荡了很久，直到这个阳光还好的除夕。

车子停下了，我听到司机重重地把车门扣上的声音，直到他的脚步声像逐渐消失的烟花，我才爬起来，我看到一片绿油油的菜园，一个闲静的池塘，池塘里有悠闲的鸭子，我还看到了久违的黄泥路，和一群正在抢食的黄鸡，这是一个村庄，如果我没猜错的话。

我跳下车，我蹒跚在泥路上，绕过池塘，绕过菜园，不远处一条河静静地流淌着，已是黄昏时分，河面上泛起了金黄的波纹，像我娘手里的织就着的一席纱巾，我沿着河岸走，远处的山重重叠叠地环绕着，我仿佛看到我娘从山里走出来，她手里提着盛满鸡鸭鱼肉的篮子，她说，浩子，吃吧，饿了就吃吧，除夕了，吃得饱饱的……

我的眼睛被泪花浸湿了，我抹一把脸，又继续往前走，我很饿，我想吃上一碗热腾腾的白米饭、一个浑圆的白馒头、一块鸡肉，不！两块、三块，不！一整个鸡。想到这，我脑海里就冒出了那些正在抢食的黄鸡，冒出来之后，我决定折回头，一只就行了，弄一只来烤着吃，我的除夕就过得很好了。

我的手向鸡群伸过去的时候，它们像失了魂的野鬼，"咯咯咯"地叫，村宅离鸡群挺远，估计听不到它们惊叫声，就算听到了，也会被不断响起的烟花炮竹声给淹没，除夕之夜有谁会想到有人来偷他们的鸡呢？但是我错了，当我看到一条黑狗咆哮地向我冲来的时候，我就知道自己错了，我飞奔而去，绕过菜园、绕过池塘、沿着河岸跑……村庄离我越来越远了。

那年我消失在村庄里，那年我22岁，正值血气方刚。

梳　头

那天，从毛经理办公室走过，看见毛经理向我招手，我就进去了，他八岁的女儿毛毛在沙发上剪纸，头发乱蓬蓬的，毛经理说，小盘，瞧我家毛毛的头发乱成那样，我怎么也梳不好，你试试看。

我说好的，然后就从裤兜里掏出自己的梳子，为毛毛梳头。

毛毛的头发又细又多，而且长短不一，两个旋涡长在头顶后方约3厘米处，而且一长就长了两个，这样的发质和结构梳起来着实不易，待我把左边的头发捋起，右边的头发又滑了下来，右边的捋起，左边的又滑了下去，好不容易全部都捋起来了，那两个旋涡向我干瞪着白眼，甚是难看，我索性又把头发放下来重新梳，这回我刻意把旋涡周边的头发拨过来挡住"白眼"，没想扎起来后却因为头发不能顺着生长方向拢在一起，而呈现出凹凸的"鼓朵苞"奇观。

梳了好半天，毛毛耐不住了，哇哇乱叫起来，毛经理看着我笑，他说，行了，小盘，就这样吧。我挠挠头不好意思起来，我说：毛经理，真不好意思，我还真没给姑娘梳过头发。毛经理点头道，嗯，已经很好了。

现在需要说明的一点是，我不是姑娘家，我是一个刚大学毕业的小伙子，让一个从没有给别人梳过头的小伙子梳小姑娘的辫子，虽不是难事，但也不是件易事，更何况是毛毛那样的头发。

回到家后，我把这事跟小妹说，小妹哈哈地笑，她说，哥，你平时那么机灵，怎么那会儿就笨了呢，头发多，不一定非得扎一个辫子才行呀，可以扎几个呀，旋涡处扎一个或者两个，下面的头发再扎成几个，最后几个再捆一起，不成了吗？

我拍拍头骂自己笨。

小妹又说，几个小辫子再配上不同颜色的胶圈，嘿！保管好看。

第二天再路过毛经理办公室时，毛毛还在，头发还是乱蓬蓬的，我主动进去给她梳头，我一边梳一边问毛毛，放暑假去哪儿玩了呀？毛毛说，哪都没去，妈妈出差，爸爸上班，没人带我去玩。我说，去我家玩吧，我家有个姐姐，她也放暑假了，她可以和你一起玩。毛毛"耶"了一声，高兴得手舞足蹈起来。

梳头的事就在这样高兴的气氛中结束了，毛毛对着镜子左看右看，直呼漂亮，还嚷着让毛经理给她照相，毛经理向我竖起了大拇指，他说，全公司的人基本上都给毛毛梳过头了，没哪个能像你这样的。

之后的事是怎样发生的？大家可能也料到了，在毛毛放暑假的那段时间里，我成了给她梳头的专业户，当然了，这个梳头的任务不是毛经理让我做的，是我自己要做的，因为这样的主动性，我又被公司的某些人说成了"马屁精"。

毛经理是证券部经理兼董事长秘书，这样的职务让我扣上"马屁精"的称号，也不足为奇，但我还是坚持下来了，直到毛毛回校上课。

再之后的事大家也可能料到了，我后来被公司提拔为销售部主任，用公司领导的话来说，他们说我是个注重个人形象（裤兜里装梳子）、注重开发客户心理（引导毛毛去自己家玩）、有钻研精神（梳头失败后没有气馁）、主动性强（主动给毛毛梳头）、有主见、贯彻性强（没有因为"马屁精"称号影响自己的行为）的有为青年。

寒假的时候，毛毛又出现在毛经理的办公室，于情于理，我都应该继续给毛毛梳头，但由于销售部任务较为繁忙，而且销售部和毛经理办公室不同一幢楼，为了梳头的事耽误了工作极为不妥，我后来就向毛经理解释，我把想法告诉他之后，他说，没事没事，现在给毛毛梳头的人太多了，有时一次还来了两个。

我听了呵呵地笑，我说，看来准备有人被提拔为销售部经理了。

毛经理听了也呵呵地笑。

我是在毛毛开学前一天去看她的，当时她的头发已经梳得相当漂亮了，我说，毛毛的头发梳得真漂亮，谁给梳的？毛毛说是王阿姨。我又说，毛毛自己会梳了吗？毛毛说不会，后来我就手把手地教毛毛梳，来回地梳了几遍，毛毛终于学会给自己梳头了，当时，我乐，毛经理也乐，毛毛更乐。

金融危机来的时候，大家心里都极度恐慌，房子卖不出去，谁都有被炒鱿鱼的可能，然而让人想不到的是，最终被炒鱿鱼的名单里，竟然都是寒假期间忙着给毛毛梳头的同事们，而我的职务却被提为了销售部经理。

大家不解，连我也不解，后来毛经理向我解释，一个没有创新精神，只会从个人角度去想的人，留在公司里还有什么用？

再后来的事大家可能也想到了，毛毛再次出现在毛经理办公室的时候，公司里很大一部分同事都打电话过来咨询我："毛毛这头是该梳，还是不该梳？"

那会儿，我也哑然了。

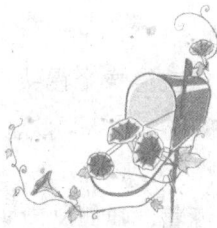

学　艺

师傅不高，精瘦，黝黑，额头锃亮，脸上刻着粗条的皱纹。

师傅揪下一块面团，往案板上一掷，说，看好了，一遍过。

我盯着师傅的手不敢离开半步，师傅把面团一压，一揉，"啪"的一声又把面团翻了个身，再压，再揉，来回几遍后，师傅一个拳头往面团上捶几下，说，好了，吃紧了。

师傅把面团搓成环状，师傅的手在环上顺溜溜地滑，一遍、两遍、三遍，环一下子就匀称了，师傅把环往案板上一摊，一刀下去，环变成了条，再"剁剁"几刀，条又变成了段，长短一致，粗细均等的段。

看好了！这是关键。师傅的声音像警钟，铿锵有力。

我"嗯"了一声，眼睛眨也不眨一下。

师傅的手鼓成蜗牛状，在面段上一点点地滚动，一滚、两滚、三滚，面段就变成了光溜溜的堡垒。

师傅说，这是馒头。

我"哦"一声。

师傅又说，做人有时候就得像个馒头，外圆内实，咳……师傅清了清嗓门，又说，人太尖锐，没人喜欢，太虚，更讨人嫌。

我点点头。

接下来教你做花卷。说着，师傅又取来一块面段，手掌往面段上一拍，段矮成个桩，继而擀面杖往桩上来回压几遍，桩又变成了饼，师傅在饼上洒上葱花、肉末，把饼一卷，再竖成条，一压，一扯，一扭，就变成了花卷。

这花卷，绿色葱花、红色肉末、白色面衣、螺旋式花纹，甚是好看。

师傅又说，人有时候还得像个花卷，要学会变通，直的路走不通，就走弯的，弯的路还不通，就要学会回头，好马也会吃回头草。

我又"哦"一声。

对面两个师姐，大燕和小燕，嘿嘿地笑。

大燕三十出头，脸白得像手里的面团，眼睛拉成一条细线，线一扯，陷进眼窝里，不见了，大燕说，这可是绝活，别看着简单，我跟了师傅差不多十年，还不上手哩。

小燕二十有五，嘴巴厚成两片香肠，涂上唇膏，油亮亮的，小燕也跟着说，是啊，小芳，用心学啰。

我连连说好。

我手笨，学了几天，馒头还是揉不好，揉成了死面，揉成了黑团，揉得心底里直喊娘，师傅说，不急，不急，慢慢来，真金不怕火炼。

馒头、花卷、豆沙包、水晶包、窝窝头……我点着各色品种，默默记下了。

师傅一声，上笼。大燕就麻利地跳上灶台，小燕做帮手，一个个地把蒸笼递过去，半刻钟，香喷喷的馒头包子就出笼了，这是南铁馒头，在南宁是出了名的，其以实、软、劲、香、足的特点，几乎垄断了整个南宁市场。

虽说会做馒头包子的人很多，可要做成像师傅这样的，还得找到真窍门，而这窍门，师傅从不外传，大燕在宿舍里说过，大燕说，师傅是势利眼，他的手艺只留给自己的儿子。

大燕和小燕常在宿舍里议论师傅的不是，可在饭堂里，大燕和小燕叫师傅叫得比谁都甜，我不是滋味，我不喜欢说人家闲话，特别是师傅，师傅多好啊，教我手艺，教我做人，还教我识别假钞。

每天下午三点刚过，做好的馒头和包子就被放上手推车，拉往文化宫卖，师傅、大燕、小燕、我站成一排，在钱和馒头之间交替着，忙时，谁也顾不上谁，动作不麻利，还会挨顾客骂，我起初挨过几回骂，收过两回假钞，师傅没追究，可是第三回，师傅发话了，师傅说，谁弄的假钞，站出来。

这回我我没站出来，大燕和小燕用一种惊讶的眼神盯着我看，我一阵紧张，支吾着说，我……不……这回不是我。

大燕和小燕又嘿嘿地笑，师傅长叹一声，眉毛拧成了结，想要说什么，看了一眼大燕，又把话咽了下去。

大燕似乎明白了什么，脸一转，走了。

师傅的馒头出事了，那天的馒头放倒了一片人，据说是因为馒头里放了不干净的东西，老板追究下来，大燕和小燕都说那天正好请假，不太知情。轮到我时，我说，那天我和师傅在一起，可是我们没有放不干净的东西。

老板不信，眼勾勾地盯着师傅，师傅有口难辩，师傅说我做了一辈子的馒头，要下毒早就下了，何必等到现在。可是事实摆在眼前，师傅再怎么辩也无法推脱掉责任，所幸没有造成人员作伤亡，但师傅还是被老板给炒了，大燕顺理成章地顶了他的位置。

师傅走那天，把我叫到跟前，师傅说，看好了，一遍过。

师傅把老面揪成小块状，一点一点地往面粉里掺，温度计往水里一插，25度，师傅"嗯"一声，又说，看好了，这是关键。水慢慢地流入面粉，师傅打开搅拌机，面和水慢慢地混合……

师傅丢给我一个本子，师傅说，拿回去慢慢研究，有什么不明白的再找我。

本子上密密麻麻地记载了师傅几十年来的经验，我惊愕地看着师傅，师傅抹一把脸，皱纹被抹开了，他拍拍我的肩头说，大燕跟了我差不多10年，什么都学得快，就是没学好做人。

会飞翔的石头

　　她常常会有一些很奇怪的想法，这些想法常常使她一觉醒来，会发现自己仍在梦里，就比如今早，她眼睁睁地看着天花板上的荷花灯时，突然想到一些关于石头之类的东西，这些东西忽而又长出翅膀来，扑扑扑地飞走了，正想着，梦里那个叫刘星雨的小伙子就使劲儿地拽了她一把，拽得她生疼，她就下意识地眨一下眼，天花板上的灯就变得愈来愈模糊了。

　　现实世界里，她应该也遇到过一个类似于刘星雨的小伙子吧，这个小伙子似乎也和石头有关，只是她和这个小伙子像两条平行线一样，永远不可能汇集在一起。

　　初冬的雨下得冷清清的，雾气把整个城市要湮灭了一样，她抹了一把窗上的白雾，城市的一角便从这一掌清晰里透了过来，汽车像一条长龙，在烟雾里焦燥地长鸣，各式各样的雨伞像一朵朵盛开的花。

　　她百无聊赖地朝窗上呵口气，那城市一角就又被蒙上了。

　　她拿起电话想和一些朋友聊聊天，电话在手里停留了很久，就又被她收回口袋里，她发现可以聊天的朋友几乎没有，她的生活里仿佛只剩下蔡小生了，可她却仅仅是蔡小生的一个附属品，她作为他的附属品，除了每天逛街、购物、化妆、看电影、吃一个人的晚餐外，她好像也没有什么其它值得炫耀的东西了。

　　她想起那个雨夜，她蜷缩在一个酒店的门口，像一个乞丐，她的头发被淋得湿漉漉的，她的鞋子几乎磨穿了，那个时候如果蔡小生没有出现的话，她想她可能会爬上酒楼对面那幢帝王大厦的顶部，然后像一只飞翔的大雁般往下跳，跳出最后的美丽来，她的美丽是因为母亲过世，继父蛮横而消逝的，她从继父那里跑出来时才18岁，是蔡小生把18岁的她从一个少女变成一个女人，又从一个女人变成一朵寂寞的花。

她披上大衣，关上门，迎着寒风而去，雨似乎停了，只偶尔几个逗号般的雨点洒下来，然后轻轻伏在她身上，她关上伞，不知去哪里，她突然想起现实里的那个"刘星雨"来，她不知道他是不是叫刘星雨，她也不知道梦里那个刘星雨为什么要拽着她，拽得那么紧，她沿着马路走，走到尽头再拐个弯，就到海边了。

"刘星雨"果然也在海边上，他坐在轮椅上，眯着眼望向大海，他安静得像一座雕像，海风吹乱了他的头发，把他的衣服吹得嗦嗦响，她走到他身边时，他没有转过头看她，他把手里的石头扔向大海，石头嗒一声沉入，溅起一层水花。

她说，你叫刘星雨？

他抬头看她，我叫石磊。

她重复了一遍，石磊？

他"嗯"一声。

两人便沉默了好久，他艰难地从轮椅上撑起来，刚撑到半空中，又哐当一声摔坐回去。

她过去扶他，他再次尝试站起来，不行，又摔了回去。

他叹了口气，把手里的石头递给她，他说，你能让石头飞起来吗？

她说，你能？

他说，我的腿还健康时，我能。

来，我教你。他从口袋里又掏出一块石头，这样，把石头横着扔出去，要借用身体旋转的力度甩出去，你会发现石头能飞。

她按着他说的去做，一次，两次，三次……很多次都没有成功，她有些气馁，他说，我在这里练了几天了，我现在无法使用身体的力量，但我想我能行。

　　一个下午，她没有成功，他也是。

　　分别时，他们约好第二天再来。

　　这一天蔡小生仍没有出现，她翻了一下日历，今天是最后一天了，蔡小生临走前说过，如果三个月后他还不回来，就让她不要再等他了。

　　那天晚上她没有睡，她把自己蜷成一只猫，缩在冰冷的飘窗上喝酒。

　　她再去海边时，石磊没有来，她一个人在海边练了很久，直至石磊的父亲出现时，他说，你歇一会，看我的。

　　他用食指和拇指轻轻地捏着石头，身体一个 35 度旋转，石头便飞了出去，那一刻石头像只飞翔的小鸟，在水面点了一下，继而又跳起来，再次飞了出去。

　　他说，石磊不能来了，他现在连坐起来的力气都没有。

　　她的心揪了一下，忽而又想起那个梦来，梦里的刘星雨紧紧地拽着她，她看不清他的脸，她只清楚地记得他的另一只手里也攥着一颗石头。

　　她想，如果石头都能飞的话，她应该也能吧。

　　她把手里的石头捏在食指和拇指间，然后一个 35 度旋转，石头飞了出去，那一瞬间，她决定明天该去找份工作了，哪怕是个洗碗工，她也要做。

内　伤

　　我几年前也和你一样，真的！那时候我的状况甚至比你还糟。

　　你在听吗？

　　瞧，那边的云，它原来不是那样的，刚才一阵风吹过，它一会儿就变成一朵花了，你看看，真的，只是个一瞬间，它的生命就变成花了。

　　其实你也可以的，一瞬间的时间你就完全可以把所有的不痛快忘记。

　　我把话停下，停了很久，然后就地坐了下来，周围忽而好像变静了，刚才轰鸣的飞机把所有的声音都压制了下去，现在这轰鸣声一走，楼下那些嘈杂声或许还没醒过来，而我确实也不知该继续说点什么了，楼顶就此安静下来。我从皮包里掏出一本书，书名叫《谈一场与月亮无关的恋爱》，书是我写的，我的出书梦刚刚实现，我做了将近十年的梦，如今圆了，我想把这本书送给女孩。

　　女孩长得不算漂亮，但眼睛乌亮亮的，在她看我的一瞬间，我怔了一下，那是怎样的眼神啊，一点仇视、一点绝望、一点悲痛、一点倔犟，我想，她一定受了很严重的内伤，从她那饱含泪花的眼睛里我似乎看到了一切，当然，还看到了另一个自己。

　　我站起来，向女孩走去，女孩的眼睛忽而变得惊恐起来，她歇斯底里地喊，别过来，你过来，我就跳下去。

　　我没有停止脚步，我的脚步缓慢而沉重，我把手里的书亮给她看，我说，我想给你送本书，你别怕，我放下就走，我绝对不会把你拉回来，生命是你自己的，我无从插手。

我又想起了那个年月，正值夏季，却很冷，母亲在汶川大地震里丧生，继而男朋友离去。那时，我曾经像女孩一样试图从楼顶上跳下去，不！我确实跳下去了的，我死过了的，我从死亡的边缘上徘徊了很久，最后又被很多双眼睛拉了回来，那些眼睛关切地看着我，他们都不说话，只是看着、看着……

瞧，这封面上的姑娘叫朵拉，她和你一样，真的，别以为她只是小说里的人物，绝不是，她也像你一样，她死过一回，她从楼顶上跳下去，她死得轰轰烈烈。死了之后，她又活回来了，她是一名音乐老师，她的歌唱得很棒，后来她还成了一名作家，她的小说像诗一样优美，小说里藏满了世间的情人，亲情的、爱情的、友情的，当然，还有像我和你之间这样的毫不相干的陌生情人。

女孩的眼睛黯淡下来，她站起来，在楼顶的边缘上来回地走，她把手臂张开，做出像大雁一般地飞翔，她偶尔还警觉地看看我，然后发出一阵悲怆的笑声。

我的脚步没有停下，女孩的笑声戛然而止，她的表情游离不定，继而又惊恐地看着我，然后再次歇斯底里地喊，别过来，你们这群骗子，你们都是骗子！

我的脚步仍然没有停止，没错，我要把女孩往死里逼，我要逼她跳下去。

你一定看过舒淇演的《非诚勿扰》吧，电影里的笑笑也死过一回，她跳入大海时的感觉多好啊，她在海里绽放成一朵花，所有的不快和痛苦随着这瞬间的死亡而死亡了。当然，那只是电影，现实生活中我们可能会死得很难看，甚至很恐怖，但不管怎么样，死过了便有了重生的机会，到时你可以像电影里的笑笑一样，很潇洒地把手机丢进大海里。

我终于走到楼顶的边缘上，女孩就站在离我不远的地方，她看着我，眼睛里的惊恐显然少了许多，只是悲怆和愤怒的情绪仍然存在，我把书放下，没有再说话，我看着她，只是看着，看了很久。最后我决定要走回去，我还能做什么呢，我似乎做不了什么了，不管怎样，我是不会强硬地去拉她回来的，我想，即使她的身体被我救了回来，可她的内伤仍然无法治愈。

在我迈下台阶的那一刻，女孩突然说，你能陪我跳下去吗？

我又怔了一会，她说，你一定不敢吧。

我没有犹豫，我说，行！

女孩怯怯地拉住我的手，我说，闭上眼睛，深呼吸，别怕，一、二、三，跳！

我和女孩在空中做了一个优美的翱翔，最后又沉重地落在救生垫上，我们睁开眼睛，我再次看到很多双关切的眼睛，他们都不说话，一直看着，看着……

女孩的眼里滑下一滴泪珠，继而露出艰难的微笑，她问我，你叫什么？

我说，我叫朵拉。

女孩开始呵呵地笑，笑完后，忽而又对着天空说，内伤是需要死亡来治愈的。

我抹了抹脸，嗯，没错，你又重生了。

阿花送花

阿花其实长得挺好的，除了脸上生一些小斑点外，五官基本可以赛过电影明星秦海璐，可是长得挺好的阿花还是没有人要。

没人要的阿花便在阳台上养了很多花，这些花使陈旧的阳台显得生动起来。

阿花和父母挤在七十年代的红砖楼房里。白天她喜欢闲在家里养花，晚上就跑到小区旁的浴足堂给人洗脚。当然，这些也算不上没有男人要的理由，最重要的是，阿花有一段长达十年的特殊生涯。

这十年的生涯阿花是怎么度过的？谁也不知道，问她，她也只是浅浅一笑就过去了。

阿花回来那年，已经三十了，回来时的阿花并没有显示出太多的不堪，衣服整整齐齐的，头发挽得顺溜溜的，只是脸上添了几道细细的纹路，这些纹路使所有的男人对阿花被拐走的那十年产生了这样那样的想法，这些想法常常又使他们对这个长得挺好的阿花望而兴叹。

一转眼，阿花三十五了，三十五的阿花也不着急，她仍然像没事似的安静地养她的花，洗别人的脚，碰到父母逼得急，就哼哼哈哈地打发过去了。

阿花送花缘于楼上搬来的新住户，住户是个四十左右的男人，叫骆驼，长得结实而憨厚，说着一口好听的河南音，带着个十一二岁的女孩纤纤。

那天，阿花照例在阳台上浇花，突然从楼上传来纤纤的声音，纤纤说，阿姨，送我几朵花吧。

阿花抬头看去，就看到一双亮晶晶的眼睛。

阿花说，可以啊，我给你送上去吧。纤纤一高兴就啪啪啪地鼓掌叫好。

阿花给纤纤摘了一扎不同颜色的太阳花，把花送上去的时候，骆驼正好从卧室里出来，穿着条三角裤衩，见了阿花，又赶紧退回去。阿花抿嘴一笑，脸竟莫名地热起来。纤纤见状就说，阿姨喜欢爸爸。

这话把阿花说得瞠目结舌起来，待骆驼穿好衣服出来，纤纤就扑上去说，爸爸，爸爸，阿姨喜欢爸爸！

阿花这下子就更窘了，一股燥热从脸部迅速升腾，骆驼看看她，挠挠头说，纤纤妈妈在三年前过世了，这丫头想要一个妈妈想得太久了。

阿花呵呵一笑，说，嗯，我理解，孩子怪可怜的。

打那以后，阿花每天都会按时给纤纤送上一束花。一来二去，阿花和骆驼也渐渐熟了。有次，骆驼因出差，就把纤纤交给阿花照顾。几天下来，纤纤就更舍不得阿花了，睡觉时纤纤闹着要听阿花的故事。

阿花说她的故事不好听。

纤纤就说不好听也要听。

阿花不愿讲，纤纤就不睡觉，纤纤不睡觉，卧室里的灯就一直亮着，阿花就说，行，你要听我的故事也成，但得把灯关了我才讲。纤纤便一骨碌跳起来去关灯。

阿花把纤纤搂在怀里开始讲自己的故事，阿花说，我二十岁的时候，被一个大灰狼骗走了，那个大灰狼呀，伪装成一个善良的老伯伯，他把我骗进一个山旮旯里，卖给一个叫阿六的瘸子，阿六长得慈眉善目的，还算是个老实人，除了不让我回家外，他没有强迫我做其它任何事，他每天给我做饭吃，帮我洗衣服，晚上他还会抱着一个叫虎子的男孩儿唱歌。虎子活不长了，他得了一种奇怪的病，这种病折磨得他每天无法入睡，老六只得夜夜抱着他唱歌，直唱到他睡着为止。哎……太阳出来罗哦……

阿花唱罢，哽咽了好一会。纤纤急了，一把揽过她的脖子催道，阿姨，继续呀。

阿花把脸贴在纤纤的脸上轻轻地摩，后来呀我就做了虎子的妈妈。

纤纤安静下来，一双眼睛在黑夜里晶晶地闪，阿花看看她，把脸贴得更紧了，阿花说，睡吧。

纤纤怎么也睡不着了，她隐约地觉到阿花的的脸上滑过一滴泪水，这泪水又顺着她的脖子溜进她的心里。纤纤想，阿花阿姨就是一朵花吧。

一转眼，冬天就到了，这年冬天遇上了霜冻，阿花阳台上的花都冻死了，每天给纤纤送花的工作也就此停止了，纤纤自然不乐意，嘬着嘴要让阿花想办法，阿花就说，阿姨每天给你做几朵纸花吧，也一样漂亮。纤纤摇摇头，阿花就为难了，纤纤却一乐，把嘴凑到阿花耳根窸窸窣窣了一下，阿花顿时红了半边脸。

阿花说，你爸爸真这样说了？

纤纤坚定地点头，纤纤说，爸爸什么花都不想要，就想要阿花这朵花，不知阿姨愿不愿意送？

放　生

　　芝瑞年前动了两次手术，全动在眼睛上，这一次手术，把他的眼睛永远定格在了"一汪江水"的状态，不知情的人看见，总以为他遇上了什么伤心事。

　　芝瑞老了，出门也少了，成天坐在阳台上用那双水汪汪的眼睛看着一切，世界完全变了样，仿佛都淋过水似的，模模糊糊、继继续续地连成一片。

　　芝瑞和女儿燕子住在一起。

　　燕子四十好几了，没结过婚，在骨科医院当外科护士，对芝瑞的要求格外严格。个人卫生方面，她强烈要求芝瑞必须做到"五要"原则：餐前餐后要洗手、内裤天天要消毒、袜子每天要一换、头发指甲要月修、牙齿天天要两刷。在其它方面，燕子的要求也不轻松，诸如：杜绝在外进餐、杜绝高脂高糖高胆固醇食品、杜绝久坐等等，这些条条框框把芝瑞的生活情趣一下子就消灭了，这次眼睛手术后，此种感觉就更加强烈起来，自己的世界像消失了一样，完完全全的没有了，偶尔打个电话和旧时战友长聊，又被燕子的"杜绝久坐"给制止了。

　　芝瑞年轻时可是部队里的精兵强将啊，一枪一个鬼子，打得可是响当当的，如今别说打鬼子，打个蚊子也没能耐了，芝瑞想到这，一股酸楚就泛上来，他对燕子说，放我回去吧。

　　燕子一个屁也不响，一瞪眼就把芝瑞的想法给毙了。

芝瑞是想北方老家了，他二十几岁南下过来，一来就回不去了，北方的兄弟常常念叨他，而他更是对他们恋恋不舍，平时虽说也有电话联系，但这股感情随着年龄的增长越来越浓烈起来。

南方也不是不好，有儿女陪着，有孙子孙女疼着，还有一批旧时的老战友聊聊天，然而，那颗心却总也放不下，悬着，像没有根似的，一不小心就散了，散得一点方向感都没有，落叶总要归根吧，芝瑞想，我打哪儿来还是要回哪儿去的。

三个儿子是点了头的，就差燕子了，只要燕子一点头，芝瑞就可以归根了。

可燕子偏不点头，燕子一直没结婚，很大的原因就来源于芝瑞，芝瑞的英雄形象一直烙在燕子的心底深处，这种烙印后来演变成一种情结，这种情结又使她把自己的择偶条件定为像父亲一样的标准，结果，挑了几十年，越挑越没谱了。

大伙儿都隐隐地担心，燕子很可能一辈子都结不成婚了。

燕子的婚姻大事也是芝瑞目前的一块心病，芝瑞请老战友介绍过几个，都黄了，不是她看不上对方，就是对方看不上她，眼看着燕子准备五十了，脾气也变得越来越古怪，地板上容不下一个脚印，更别提那些挺着大肚腩的老男人了，芝瑞为此常常提醒她，说这婚姻嘛，就是睁一只眼闭一只眼过去了。

这不，被芝瑞提醒多了，燕子的对象真找着了，是谁？偏是个洋鬼子！

一听是个洋鬼子，芝瑞的头摇得比墙上的钟摆还勤，他的嘴有些不听使唤了，想骂也不骂利索了，要在年轻时，他说不准一个板凳就摔过去。芝瑞说，你去了加拿大，你还能回来吗？人生地不熟的，你会几句英文，人家在网上说几句 Hello 就把你迷住了？难道中国那么多男人就不如一个洋鬼子？

不管芝瑞怎么说，燕子也不回话，她心里也还是七上八下的，她估摸着，若是她这一走，父亲由谁来照顾好呢？

约翰从加拿大过来探访的时候，芝瑞躲在房间里不愿见他，约翰有些尴尬，后来他问燕子，是不是芝瑞不喜欢他？燕子说，不是，是因为他放不开，生怕我一个人去了那么远的地方，会出什么事儿。约翰一听就呵呵地笑，约翰说，我们加拿大人有个习惯，喜欢放生，凡是自己喜欢的人或动物，我们就会赋予他们最大的自由，这才是真爱。

约翰的话使燕子似乎明白了什么，一个月后，她和约翰带着芝瑞一起回到北方老家。站在老家的大院里，芝瑞的眼睛仿佛一下子就变亮了，他摸摸院里那棵大枣树，又爬上北屋的大炮楼，东瞧瞧西看看，忽而一道长声呐喊，哎……我刘芝瑞回来啦……

燕子和约翰站在楼下，彼此会心一笑。

世界都回来了。

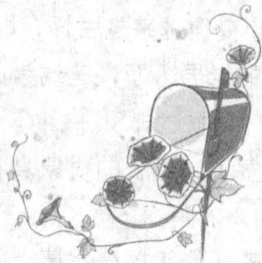

消失的猪小姐

猪小姐坐在院里晒太阳，腿上搁着一个红布袋，嘴里含着糖。

春天的阳光刚露脸，猪小姐就穿上了裙子，裙摆垂下来，隐隐约约地能看到猪小姐那两条丰满而白皙的腿。

阿娣从家里探出头来，猪小姐瞅见她，挥挥手，过来，姐姐给你糖吃。

听说有糖，阿娣就蹦了出来，一双黑眼睛直愣愣地盯着猪小姐那圆嘟嘟的嘴。猪小姐从布袋里抓出一把糖，没有递给阿娣，而是笑眯眯地说，把院里的孩子都招来，大家都有糖吃。

阿娣在大院里疯跑，边跑边嚷，阿红，小菊，庆生……出来啰，猪小姐给我们发糖啰……院里的孩子像潮水般涌了出来，最后汇集到猪小姐面前。

猪小姐喜欢孩子，见着孩子就笑成一团。她让孩子排好队。每个孩子在接到糖之前都要叫一声猪小姐，然后又要在猪小姐的脸上"叭"地亲上一口。

得了糖孩子们一欢而散，大家起哄着，猪小姐真好，是世界上最好的猪小姐。

猪小姐坐在大院里呵呵地笑。

猪小姐刚搬来大院没多久，孩子们却不觉她生，隔三差五地就往猪小姐家里跑。猪小姐家里总是有着满满当当的吃的东西。猪小姐喜欢吃，把自己吃成了个女猪八戒。大伙第一次叫她猪小姐的时候，猪小姐并不生气，她只是咂着嘴问，是谁给我起的名字。阿娣指指庆生，庆生又指指小菊，小菊又指指阿红……一轮下来，猪小姐就哈哈笑，猪小姐一拍大腿说，成！就叫我猪小姐吧。

猪小姐似乎没有工作，她每天晒晒太阳，吃吃东西，然后不断地挤公车。

院里的大人们都说，猪小姐是个闲人，小孩子莫要学她。

孩子们当然没办法学猪小姐，孩子们要上学，要做功课，还要给大人们干家务。不过，周末的时候，猪小姐会带上一两个孩子去挤公车。猪小姐喜欢坐公车，从上车坐到终点站，又从终点站坐回来。公车站就在大院外，1 路、56 路、72 路……所有的公交车猪小姐都坐过，她甚至和公车上的司机乘客混成了熟脸，一上车，司机就朝他笑，哟，猪小姐今天真漂亮。乘客们就都隐隐地笑，有些乘客还搭一句唱一句地，猪小姐天天坐公车是约会去吧？猪小姐说，哪呢，谁要能看上我这身材，我立马嫁给他。惹来车里一阵爆笑。

很长一段时间之后，大伙突然发现猪小姐不见了。

发现这个秘密的首先是阿娣，阿娣对小菊说，我三天没见着猪小姐了。小菊回想了一下，嗯道，是哟，好象很久没吃到她的糖了。消息传了一圈后，大伙确定猪小姐已经搬走了。可大人们说，没那回事，猪小姐没搬走，她房子里还是满满当当的呢。大人们的话让孩子们松了口气，他们踮着脚朝猪小姐的窗户看，可啥都看不着，猪小姐把窗帘拉得密实实的。孩子们又朝门缝里瞅，房子里黑乎乎的，只隐隐约约地看到一些桌椅。

冬天了，院里热闹起来，家家户户都贴了春联，挂了灯笼，院里的枣树还被孩子们挂上了五颜六色的千纸鹤。

没想到的是，在这个喜庆的冬天，猪小姐回来了。可大伙不敢接近她。

猪小姐已经不是先前那个猪小姐了。猪小姐穿上了旗袍，她的身子像被谁动过了一样，连脸庞也变了。原来肥嘟嘟的肉都不见了，一身前凸后翘的身材恰到好处地裹在旗袍里，她阿娜地在院子里转了一圈，见了小孩，仍挥挥手，过来，让姐姐瞅一下……

大伙儿不敢再叫猪小姐为猪小姐了，大伙都叫她漂亮姐姐。

变成漂亮姐姐的猪小姐也不再给孩子们发糖了，孩子们问她要糖吃，猪小姐的脸就扭曲起来，她惊恐地说，咋行呢，糖这东西怎么能吃呢，吃了就变成猪小姐了。可是不发糖的猪小姐仍然喜欢坐公交车，每天都坐，公车上的司机和乘客却不敢再和她开玩笑了，他们看着她阿娜地上车，又阿娜地给大家发名片。猪小姐说，欢迎光临纤纤美体中心。大伙半会反应不过来，忽而又都瞠目结舌地瞪着她看。司机倒是醒了似的，哟，猪小姐原来是个活广告呢。

春节了，大院门外的公车站点上，立起了一块大大的广告牌，牌上赫然几个大字：纤纤美体中心，还你一个完美的梦！字下面站着两个人，一个是肥嘟嘟的猪小姐，她在含着糖笑。另一个是阿娜多姿的漂亮姐姐，她摆出一个 S 型身段，不知是在笑还是在生气。

猪小姐消失了，消失在鞭炮起伏的初春。孩子们很失望。

培　养

　　杨小芳拿到身份证时笑了，办证的民警看着她也笑，两人的笑迎合在一起，汇成一股强烈的气流，气流使杨小芳挥了挥手，身份证随之在空中恍了一下，杨小芳就说，我终于成为杨小墨了。

　　办事民警喊道，杨小墨。

　　杨小芳就长长地"哎……"了一声。

　　这天的阳光也如杨小芳的笑脸一般灿烂，这使杨小芳觉得今天真是个好日子，她把脸扬起来，咯咯地笑，然后朝天高喊，我叫杨小墨。

　　杨小芳决定要给马克打电话，让她变成杨小墨的主意是马克提出来的，当时还没有变成杨小墨的杨小芳正在街上闲逛，马克就出现了，马克瘦如枯柴，背如驼峰，加之一头毛茸茸的卷发和一脸络腮胡，像只山林里刚窜出来的野猴子，这只猴子把当时的杨小芳吓得花容失色，马克却一本正经地说，姑娘，我不是坏人，我是鬼探。

　　鬼探是什么？很多人都不懂，包括杨小芳。为此，杨小芳在花容失色之后，就冷不丁地吐出了两个字来，神经！

　　马克并不神经，他一路跟着杨小芳，一路解说"鬼探"的意义，马克说，姑娘，你知道大明星张曼玉吧？张曼玉如果不是经过星探的培养，她是不可能有红的机会的，而我的"鬼探"就类似于星探。

　　杨小芳仍然不屑一顾，马克不气馁，继续说，人才需要伯乐，而我们鬼探就相当于伯乐，我敢打保票，你绝对是个人才。

这话一出，杨小芳停住了脚步，杨小芳说，我能当明星？

马克摇摇头，不，我是说你适合当替死鬼。

杨小芳一听，"呸"一声朝马克啐去。

马克也不恼，大手往脸上一抹，又说，姑娘，你别生气，我还没说完呢，这替死鬼不是我们常说的替死鬼，这替死鬼可是个好差事。

据马克说，番岭市某房地产商一女儿叫杨小墨，半年前因一场车祸而丧生，其父母因失女而悲痛欲绝，便千方百计要复制一个杨小墨出来。而杨小芳在长相、年龄、身高等各方面与杨小墨有着惊人的相似之处，凑巧这天她又让"鬼探"马克撞上了，也就是说，一旦马克把杨小芳说服，就意味着他即将获得一笔不少的提成，而杨小芳呢，如果愿意当杨小墨的复制品，就轻而易举地踏入了豪门。

这等好差事，杨小芳自然不会错过。

计划开展得还算顺利，仅仅花了三个多月的培养，杨小芳便从一个无业游民变成一个富豪千金，这样的惊喜绝不亚于中了六百万彩票。

杨小芳自小无父，杨母靠一份微薄的工资把她拉扯大，杨小芳进了豪门后，每月定时给杨母汇上一笔钱，杨母看着这笔钱心里很不是滋味，三年后，杨母忍不住叫杨小芳回来，杨小芳不愿，杨小芳说，我现在已经不是杨小芳了，我现在是杨小墨。杨母说，我好不容易把你培养成杨小芳，你怎么说变就变？难道真应了那句"有钱能使鬼推磨"的话？杨小芳不说话，杨母沉重的呼吸阵阵传来，两人都沉默片刻后，杨母就又说，小芳你回来吧，咱不差钱。

杨小芳不吱声，杨母就又说，我相信，我的小芳一定会回来的。

杨小芳这会儿说话了，她说，妈，我答应你，半年后我回去。

半年后，杨小芳果然回来了。

杨小芳回到家，两脚蹭开鞋子，一头埋进电脑里，杨母叫她吃饭，她不应，杨母再叫，她应了，她说，妈，等我偷了这棵菜就来。

杨母笑了，杨母想，我的小芳一点也没变。

杨小芳偷完菜，就大大咧咧地端起饭碗吃得稀里哗啦响，杨母一边叫她慢点吃，一边给她夹菜，杨小芳哼哼两声道，妈，够了，我被你惯成个胖子就麻烦了。杨母就不夹菜了，看着杨小芳笑，杨小芳吃完，抬起屁股又要去电脑前偷菜，杨母叫她，她也没回头，径直往卧室走去，"嘭"地一声关上门。

杨小芳在卧室里上网、听音乐、聊QQ，聊得正起劲时，杨母来敲门，杨小芳极不耐烦地喊，妈，有什么事。杨母说，小芳，陪妈出去走走吧。杨小芳十万个不愿意，嘴里却说，等会啊，妈。杨母就坐在电视机前等，她对着电视剧不停地换频道，直到挂钟响了十声，她才神情黯淡地回了房。

与此同时，富豪千金杨小墨给马克打电话，杨小墨说，杨小芳的培养费我已经打到你户头上了，你查收一下。

马克呵呵两声，马克说，好，好，好。

形　式

　　作家从兜里掏出一支烟，在桌上嗒嗒弹几下，就往自个儿嘴里送，全然忘了坐在旁边的冯导，冯导看一眼作家，嘴角掠过一丝笑，摇几下头，从自己兜里也掏出一支大中华，冯导的打火机嗒地一声响，火苗噗地吐出来，冯导把火苗送到作家嘴边，没想作家嘴里的烟头早已冒出火星来，冯导正纳闷，作家一口烟袅袅吹过来，作家说，这是模拟烟，戒烟产品，不用打火机。

　　冯导呵一声笑，然后摇摇头，继而眼睛从作家的烟上转移到走进来的美女身上。

　　作家又说，我老妹送的，这戒烟产品做得真妙，全然迎合了烟鬼的喜好。

　　冯导点头道，嗯，形式，不过是一种抽烟的形式而已。

　　作家又吹出一口烟，啧着嘴道，那是。

　　作家的长篇作品《美女》是在五个月前写好的，写好之后，作家拿给拍电影的冯导看，冯导花了一个星期去研究作家的《美女》，终于在看完作品的第四个晚上打电话给作家，冯导说，那剧本要了，写得太棒了，你定个价。

　　作家嘿嘿了两声，在电话一头咕咚了两口茶，然后吐出几个字来，钱你随便给，但女主角由我来挑。

　　冯导看过作家的几部小说，作家的每部小说皆可以说是妙笔生花，这花写得可是风情万种，各具特色，牡丹是牡丹，玫瑰是玫瑰，就算同时写几朵玫瑰，也绝不会有半点雷同，每朵玫瑰的姿色可以说是千变万化，呼之欲出，冯导正是看准了作家的才华，才让他定的价，当然，这不过是一种形式，冯导想，作家你的价定得太高也不可能，定高了，我可以不要，反正大把的剧本等着我挑。

没想这个形式却被作家打破了，这会儿他不定价了，却要定人，定人也不是不可能，作家对自己写的人物很熟悉，让他定人也绝无半点差错，但冯导还是犹豫了一下，他在电话那头嗯了半天才说道，主角可以由你来挑，但配角得我选，而且要通过全国海选的形式来进行。作家在电话那头"阿嚏"一声道，成，没问题。冯导呵一声说，感冒了？注意休息啊。作家又一个"阿嚏"过来，然后"好"一声，电话就"嘟嘟"地挂掉了。作家又咕咚一口茶，然后摊在沙发上，掏出他的戒烟产品吹起烟圈来，作家想，形式！都是形式，抽烟是形式，打喷嚏是形式，让我注意休息也是形式，人不在形式里过活，那日子就奇了。

海选已经进行了将近一个月，主角和配角一直未诞生，而《美女》一片却是未见其影先闻其声了，而且这效果有如霹雳闪电，春雷炸响之反响，可以说是海选的形式起到了功不可没的作用。

此刻，作家的模拟烟正抽得欢，冯导朝他努一下嘴道，瞧，这个不错，名字起得也好，叫紫玫。

作家的模拟烟还在嘴里不停地忽闪，听冯导那么一说，他把烟移下来，再呼一口气，吹开眼前的烟雾后，把眼前的美女上下打量了好一会，终是摇摇头道，当配角可以，主角还差了点，少了那么点神韵。

冯导嘿嘿一声道，我正是看中了她的配角形象。

作家一听，又叼起他的模拟烟来，点着头道，好，好，有眼光。

女主角任欣欣的诞生把《美女》一片推向了高潮，那任欣欣长得实在不敢恭维，一双单眼皮，一张苍白的脸，还有一张算不上性感的嘴唇，总之这个主角让冯导大为不满，冯导说，这个任欣欣有哪个地方吸引了你？作家说，神韵，她有一股神韵，是其它美女所缺乏的一种神韵，我的小说正需要一个具有这种神韵的女子。冯导把任欣欣来回看了个遍，皱着眉，半天不吱声，作家又说，外表不过是个形式，内在的东西才是本质，如果电影能把很普通的外在形式拍出有内涵的东西来，那才是高明。冯导一副无可奈何的样子，只好耸耸肩说道，成，既然主角由你定，我也不会再掺和什么。

电影拍得还算成功，创下了800万的票房，这让冯导很满意，宴会上，冯导掏出兜里的大中华递给作家，作家顺其自然地接过来，冯导嗒的一声打亮火苗，作家嘴里的烟刚要伸过去，任欣欣一个手快道，哥，我给你买的模拟烟呢？冯导继而一愣，又笑道，形式！形式！女主角选得不错。

旁边的紫玫一听，嗲声道，冯导，那配角呢，配角就不好吗？

冯导的手从烟上滑下来，滑至桌下，然后在紫玫的腿上一捏，哈哈笑道，好！都好！

全场愣了半会，终于一哄而笑，只有作家和任欣欣一脸的尴尬。

老树那生

老树说我的眼睛像两颗褐色的宝石。

老树说这话时，我听到窗外的风正猛烈地刮着，树枝在玻璃窗上张牙舞爪地上演着一场生动的武侠剧。

老树抚摸着我的头，他没有被窗外的剧情而吸引，他的目光探入我的眼睛，然后又不知觉地落入其中，老树在我的眼睛里挣扎，他说，你的眼睛就像那一望无际的海水，它不断地把我淹没。

说到这时，老树闭了眼，他的嘴角紧紧地抿着，额头上的一处伤疤紧紧地蜷起来。

老树说，索拉出现时，正好是一个晚霞流转的时刻，满天红霞和一地的绿荫，漂亮极了！我远远看到索拉窜出来，它一身棕红色的绒毛在微风中舞动，它那两只亮晶晶的眼睛简直就是两颗褐色的宝石。

窗外的风似乎有了一些变化，声音弱了，我听到几点雨落的声音，这些声音零星地打在屋檐上、窗户上、树叶上。

老树的声音停了半秒，忽然又欣喜地说，索拉喜欢我，就像我喜欢它一样，当时我走近他，我把手伸过去，我说，嘿，过来。它没有反应。我便说，索拉，你好吗？我们好像在哪儿见过，来，别怕……它却转头跑了，我追去，一边追，一边喊，索拉……索拉……索拉……

每天傍晚，索拉和我都会默契地出现在小山峰上，我们沿着山峰追逐，索拉这只漂亮的小红狐，它调皮极了，它把我带进森林里，又把我领进潺潺流动的山泉边。坐在高高的山崖上时，它还会依在我的大腿上，让我轻轻地抚摸它的头。呵，那年，我10岁，和父亲一起在森林里露营。

老树把眼睛睁开，我看到一滴眼泪滑落下来，正好落在我的鼻子上。

老树又说，那天，我坐在小山峰上，我把两条腿盘在一起，我的腿细长，盘在一起就像两条缠绕的藤条，索拉有时候喜欢在我的腿上睡觉。然而，就在那天，我盘腿坐了一个小时后，没等到索拉，我就沿着索拉常走的路线寻去，哼！你猜我看到了什么？

老树住了嘴，他朝窗外看去，此刻，风又呼啸起来，树枝再次开始摇曳。

老树在我头上轻轻地抚了一遍，说，三只狼！那三只狼正虎视眈眈地盯着树上的索拉，只要那棵枯树稍微再矮一点，三只狼一跃而上就能把索拉撕成碎片。我蹲在一棵大树后面，害怕极了，我抓起旁边的两块石头，我想用石头吓退三只狼，可我犹豫了很久，我的胆量远不如索拉。当三只狼感觉到我的气息后，它们调过头来，几双眼睛齐刷刷地朝我发出凶恶的光，它们一步步地朝我的方向走来，我一动不敢动，它们逼近我，我吓得两腿直打颤，那一刻，索拉突然一个扑腾下来，把三只狼的注意力引开了，它们撇下我，撒腿朝索拉追去……

又一滴眼泪落下来，仍然落在我的鼻子上，老树把脸俯在我的头上，轻轻地说，后来的日子，索拉没有再出现，但我相信索拉一定还活着，一定！

老树沉默片刻后，忽然又欣喜地说，嘿！后来，我真的看到索拉了，不是在森林里，是在城市中，当时看到她时，我几乎要跑上去抱起她，你或许不信，索拉它变成了人，真的！那个女孩有着像索拉一样的眼睛，还有着一头棕红色的毛绒绒的头发。

唉……老树沉默片刻又说，只是那个索拉不属于我，她被一个男人牵着手，当我试图过去和她说话时，那个男人一拳就打在了我的额头上，瞧……老树指指额头上的伤疤，这是当时留下的。

　　你不信？

　　我怎么会不信呢，我当然信。

　　老树敢把我从火海里救出来，就证明他能为索拉做一切事情，区区一个拳头算得了什么呢？他为了救我，不顾一切地跃过熊熊大火，把一双腿给烧坏了，他现在无法再盘腿而坐，我当然也没有机会像索拉一样，躺在他的腿上睡觉了。他喜欢把我放在桌子上，和我长时间地对视，他说我有着像索拉一样的眼睛，不！他坚信地认为，我就是索拉。

　　可是，我哪里能像索拉一样，虽然我也是一只狐，一只棕红色的狐。

　　风止了，雨也停了。老树把我抱在怀里，他慢慢地滚动轮椅，至窗台边时，他望向天边那一抹淡淡的彩虹，他说，索拉，你走吧，我希望你自由。

　　我从窗台上看到了遍野的森林，天空清亮，空气透出一股诱人的清香。我望向老树，我忽然发现他的眼睛分明也是两颗褐色的宝石。

　　我跃下窗台，奔向不远处的小山峰，我欢快地奔跑着。回头望去，我看到老树倚在窗台上的微笑，他的白发微微地飞扬，就像不远处那棵老树上瑟瑟抖动的叶子。

　　我想，老树的那一生，是在等一只叫索拉的红狐吧。

守望

　　白小娟出现在教室里的时候，所有的眼睛都带着几分愠色，唯有阿丑和阿牛目光坚定地盯着她看，阿丑用肩耸一下同桌阿牛，阿牛心有领会地咳咳两声，便一头伏在桌子上，对眼前一袭旗袍的白小娟不再正眼看一下。

　　教室里的残桌破凳不时发出吱吱咯咯的声音，白小娟朝讲台上的何老师看一眼，蠕动一下嘴想说什么，又瞅瞅那几十双眼睛，便又退了出去。

　　白小娟一走，教室里又传来何老师的读书声，阿丑这时凑到阿牛耳边说，今晚不把那白小娟吓跑，咱就不是丑牛了。阿牛哼哼两声，声音从下巴和胳臂弯儿间挤出来，传过阿丑的耳朵，又把坐在后桌的小雨给叫醒了，小雨的脚从桌底伸过来，在阿牛的板凳上咚咚两声，阿牛转过头，小雨就嘀咕道，我也去。

　　柳村的夜黑得像个大窟窿，一枚月芽刚爬上树梢，一会儿被浮云掠去，一会又露出光影，然而恰是这月和云的交欢，把柳村捣得更加阴深起来，三个毛孩正是看准了这个时刻，装神弄鬼来了。

　　白小娟来柳村一个星期了，这一个星期里她不断来学校捣乱，当然，被捣乱的不是阿丑和阿牛，是何老师，就在前天上午，那白小娟放着村长家的好房子不住，偏要跑到何老师的宿舍里睡觉，要知道，这宿舍和教室是柳村小学里唯一的两间房子，仅数米之远，而白小娟竟然可以在何老师的琅琅书声中安然入睡，这明摆着嘛，你何老师不和她回城里去，她白小娟就天天耗在这里。

当然了，白小娟再怎么泼，何老师也拿得住她，何老师不赶她走，何老师只一句话，你睡吧，我上村长那去。何老师刚迈出宿舍门，白小娟就跳起来喊，我说你真是傻帽儿啊，这村里有什么值得你留恋的，几十里看不到一辆车，两间破房子拼成一个学校，你到处瞅瞅看，有谁愿意来这破地方当老师。

这种闹法学生们看多了也就习惯了，只要白小娟一闹，大伙就趴在窗旁望，望得两排牙磨得嚓嚓响，大伙们是知道的，何老师若是被白小娟带回去，那他们的柳村小学也许就再也没有老师了。

这会儿，白小娟又跑到柳河游泳去了，用白小娟的话说，这柳村什么都不如城里，唯独这条柳河可以比得过城里的游泳池。

白小娟借着月光在河里畅游，而三个毛孩穿着白色长衫，套了长牙，脸上还化了狰狞的妆，那小雨更绝，一头长发翻过来，盖住了整张脸，黑发里又伸出两颗长白牙，三个小鬼徘徊在河岸的柳树下，待白小娟上来，便朝她张牙舞爪地飘去，嘴里还喷出嘶嘶的呻吟，把那白小娟吓得摔了个大跟头，疼得哇啦乱叫。

第二天上午，何老师没有按时出现在教室里，而白小娟的哭声像断了线的珠子，一阵一阵地跳进学生们的耳朵里，大伙又趴在窗旁打望，只见白小娟一会儿抹泪，一会儿又往学生们这边指，嘴里骂骂咧咧着，直把何老师骂得不住地点头。

阿丑、阿牛和小雨三个互相使了个眼色，然后又扑哧地笑了。

然而这一招仍然没有把白小娟吓跑，她依然守在宿舍里睡觉、吃饭、看书，而且自那件事之后，何老师对白小娟反而更加上心了，闲时还会陪着她上山看风景，摘野果，而那白小娟呢，偶尔也还闹几下，只是这闹的程度明显要比以前轻了，高兴时还会破例地为孩子们唱几支歌，包几回饺子，扭几回屁股。

这种日子过了三个月之后，白小娟要回去了，白小娟说，城里毕竟还有她的父母，还有她的事业，她不能把自己耗在这里。何老师为此多少有些失落，何老师说，我明白，我也不耽搁你，只要你还惦着这里，这里永远欢迎你。白小娟把嘴一撇道，你真不回去？何老师说不回。白小娟又说怎样才回？何老师说怎样也不回。白小娟哼一声又说，我嫁给人家你也不回？何老师点点头。白小娟就一个捶头打在何老师的胸膛上，好你个何建立，你不回，我回！

白小娟走时，何老师在宿舍里搓着手来回地踱步，孩子们也早早地趴在窗旁看着，待到白小娟一踏出宿舍门槛，教室那头的阿丑就嚷起来，白阿姨，你回去以后我妈会给何老师找个对象，我们村里比你漂亮的姑娘多着咧。白小娟一听，咂嘴骂道，好你个臭小子，我那饺子白煮给你吃了。那边小雨也喊开了，白阿姨，我妈给你裁的衣服还没裁好呢，咋就走了呢？紧接着阿牛也凑和道，白阿姨，我还想听你唱歌呢……不管孩子们怎么叫，白小娟恁是没止住脚步，何老师跟在后面，把她送出了村口。

学生们望着他们渐远的身影，半会回不过神来，阿丑说，咱不是痛恨着那白小娟的吗，这下她走了多好啊。小雨说，好吗？阿牛说，可能好。小雨又说，真好吗？三个就不吱声了，望着远处一缕炊烟正袅袅升起，阿丑突然说道，白小娟迟早还会回来的。

平叔的酒魂

父亲的酒柜里放着一瓶鹤庆乾酒。

酒是平叔在八十年代时送的，平叔是鹤庆人，是父亲的战友。

那年我七岁，正值春节。父亲从部队回来探亲，身后还带着平叔。赵平一眼瞅见我就呵呵笑，平叔说，这是牙子吧，来，叔给糖吃。那会，我特胆小，看到生人就躲，可看到平叔时却不，我喜欢他那张爱笑的脸，还有他一咧嘴就露出的白牙齿。我接过平叔的糖，他顺势用手指刮了一下我的鼻梁，说，牙子长得俊咧。

那年，因为平叔，我家的春节过得分外热闹。

平叔给我们捎来两瓶鹤庆乾酒。奶奶和父亲都是嗜酒之人，有了酒，他们在饭桌上说话的劲儿就特大，奶奶一边品着酒，一边啧嘴赞酒好，说，这辈子喝了这等好酒，她也入土为安了。平叔一听，赶紧呸呸几声道，大过年的，怎么说这不吉利话，您要喝，俺每年都给你捎。奶奶便嘿嘿地笑，不住地点头说，好！好！

平叔频频给父亲和奶奶敬酒，偶尔看到我，还用筷子蘸上几滴让我尝，我含着筷子头，顿时一股香辣浓郁的酒香从舌尖处蔓延开来，后又滑入喉咙深处，我皱着鼻子说，嘿，这酒像我们煮的辣椒汤。平叔便哈哈大笑，中！就是你们的辣椒汤做成的。

平叔说，喝酒之人分两种，一种是酒鬼，一种是酒仙。平叔说这话时，呷了一口酒，便又说，酒鬼是没有酒魂的，酒仙则有，就像大诗人李白，他可是最典型的酒仙了，你们瞧他的名作，有哪首不是在酒后兴作的。长风破浪会有时，直挂云帆济沧海。抽刀断水水更流，举杯消愁愁更愁。嘿！那是酒魂助兴呢！奶奶一听，把头点得像鸡啄米一样勤，奶奶说，妙！妙！俺也是酒仙之一也。奶奶的话把一桌人都笑岔了。

那会儿，我还不太理解平叔的话，但后来，我确实看到平叔的酒魂了。平叔喝了酒后给我们唱起了鹤庆民歌：头骡选上枣骝马，二骡选上菊花青。识途还留老玉眼，十岁出头还健行⋯⋯ 平叔的歌声洪亮而沉稳，把镇上孩子们都吸引来了。喝了酒后的平叔更喜欢笑了，他把孩子们全招了进来，待孩子们围着他坐成一圈后，便发起了糖，孩子们含着糖听他讲鹤庆的历史文化、风俗人情。说到鹤庆乾酒时，平叔又把酒杯端起来，他一手拿着酒杯，一手拿着筷子，说，这鹤庆乾酒呀，可是乾隆皇帝定下的贡酒呢。那时，乾隆皇帝下江南，品尝了鹤庆出产的西龙潭酒，自觉这酒不仅味道醇厚，还有一种山野的清香。品遍了天下美味琼浆的乾隆皇帝不禁啧啧称赞。于是就将这酒御封为每年进贡朝廷的贡品。说到这，平叔便拿起筷子在酒杯里蘸了酒，嚷道，来来来，嘴巴张开，每人一点，来年身体健康，学习更上一层楼。

一个晚上，平叔都在向我们倾诉鹤庆文化，说到鹤庆过春节的热闹情景，他甚至泪眼汪汪了，父亲过来拍拍他的肩，在他耳边嘀咕几句，平叔就又咧开嘴笑了。那时，我隐约地觉得平叔的酒魂里，还藏着一缕思乡之愁吧，那么，平叔春节为什么不回自己的家乡呢？

这个疑问一直延续至今，我曾经问过父亲，父亲总不说。直至前晚，父亲一个人喝酒时向我透出多了这多年来的秘密。父亲说他欠着平叔一份情。父亲说这话的时候，手里的酒杯颤颤的，他一口接一口地呷着酒，眉头锁得紧紧的。

原来，那年春节，父亲本打算一个人回家的，没承想在火车站被小偷扒走了身上的钱，几年积攒下来的钱啊，家里老老少少全靠父亲这点钱了，加之奶奶就父亲一个独子，没有兄弟姐妹的支援，这春节、这往后的日子怎么能过下去？那会儿，父亲急得差点儿要跳江了，恰好被路过的平叔一个箭步给拉了回来。平叔说，不就是钱嘛，走，我陪你回去！平叔把自己积攒下来的钱都给了父亲，平叔把钱给父亲时，还笑呵呵地说，这钱可不是送的，是借的，要还的！而恰在那一年，平叔叔整整有三年没有回过自己的家了。

父亲微醉了，或许像平叔说的那样，父亲的酒魂被熏陶出来了。他时而学着平叔哼上几句鹤庆民歌，时而又举起酒杯说，牙子，今年咱看你平叔去！

我点点头，仿佛又看见平叔的笑脸了，仍然是一口的白牙齿。

意识流善

　　那间房子挤在一个角落里。

　　是间很不惹眼的房子，我完全没想到要去注意它，然而，最后演变成那样的结局，我也甚感意外。

　　起初，那间房子并不存在于我的意识中，它在我眼里如同一股空气，这股空气在流入我的意识之前，我想着很多东西，这些东西让我头脑膨胀，欲哭无泪。

　　我想到的先是阿大——我的工头。在我的钱被扒走之前，我曾经请他吃过一顿饭，虽然这顿饭并不昂贵，但我想，起码看在这顿饭的份上，阿大应该会支助我一些回家的路费，不过几百块钱的路费，何况他还是个工头。

　　于是，我打电话给阿大，电话响了很久，阿大总算接了，和他寒暄几句后，我就把话题扯到我的状况上。

　　我的状况让阿大有了一些变化，比如他的的声音由原来的畅快而变得结巴起来，阿大说，小丁啊，你在南宁没什么亲戚吗？我说，没有。然后他"哦……"了很久，又说，过了年后还上来吗？我说，当然上，我还得还钱不是？阿大就不说话了。两人沉默片刻后，我说，阿大，要不我给你写张借条吧，再按上个手印。阿人就嘎嘎地笑，这笑短暂而刺耳，让我不禁打了个颤，笑完后，阿大就说，明天你来拿钱吧。这回轮到我"哦……"了很久，阿大就又说，怎么了？我说，没事，那我明天过去拿吧。

挂了电话，我的头绪一下子就乱了，乱在哪里？乱在去拿钱的事上。

工地离火车站有几十公里，光坐公交车就得转好几趟，而我当时的状况是：身无分文。

身无分文的我如何去弄几块钱的公车费，就成了一个比较棘手的问题。

或许在外人看来，这个问题根本不算问题，他们或许会说，我当时为什么不让阿大把钱送过来呢，要不打个的直接到阿大那里，要了钱，顺便再付打的费，这不就成了吗？

可是我在这里要说的是关于意识的东西，比如说，你要睡觉，非睡不可，不睡的话明天就会没精神工作，你执意要让自己睡觉，可偏睡不着，为什么？因为意识，你的潜意识促使你不能入睡，这些潜意识是什么，说不清楚，可能是某些生活片断，或者某个意像，它们在脑海里像幽灵一样困惑着你，就像我无法开口叫阿大送钱过来一样，我和阿大毕竟只是泛泛之交。

的确如此，确实是潜意识在作怪，当我明白这个道理的时候，我的意识又从阿大身上转移了。

我看看四周，到处都是准备过年回家的人，这些表情丰富的人，从我的眼前一晃而过后，我的意识里就冒出了要去乞讨的想法来，乞讨我不是没见过，就连穿着很体面的中学生也会为了讨几块钱的午餐费而跪于大街小巷。

于是，我迫不及待地弄来一张纸，并在纸上写了几个字：不幸被扒，求助五块钱公交费。我拽着这张纸在火车站周围转了一圈，终于鼓足勇气跪在人流中。

可想而知，我的举动有多么滑稽，我像众多乞丐一样，被人流忽略，一直跪至深夜，五块钱仍像那一枚遥远的银月，可望而不可及。

后来，我就注意到了那间房子。

那间房子没有灯光，并且开着窗户。

于是，我的意识一下子就又转移了，我想，我何尝不去那间房子碰碰运气，我头脑一下子又膨胀起来，并且徐徐地升起热量。老实说，小时候这种小偷小摸的事我也不是没干过，现在被逼到这个地步，再干一回也没什么。

这样的意识使我佯装去敲响了那扇门，我确定没人后，借着夜色，一个翻身就从窗户钻了进去。

我亮出手机，借着一点光线在房间里转了一圈，房间很小，却让人感觉干净而整齐，一张床，一张棉被，一个枕头，还有一张桌子和板凳，奇怪的是，床头的铁架上挂了很多雨伞，我走到桌子前，企图要翻翻抽屉，却被桌子上的几个大字吸引住了：没关系，你可以打开灯。再往下看时，我的意识一下子就又乱了，只见上面写着，累了，就睡一会，下雨了，就送你一把伞，缺钱了，抽屉里有一些，只是别忘了下一个人。

我终于打开灯，再打开抽屉，里面整齐地放着各种面值的人民币，我的意识顿时像流水一样又潺潺流动起来，房子的主人或许也曾经如我一样落魄吧，他可能是个蓄着白须的老人，不！还可能是个面容和蔼的中年女士，当然，还有可能是个慈祥的男人，他或许很有钱，也或许没什么钱……

我抽出五块钱，放进口袋里，然后走至床前，脱下鞋，盖上棉被，我的意识又汩汩地流动了，一直流入我的梦里，流至美好的春天里。

吞掉一个月

夜静，月明，星稀，风凉。

石柱蜷在窗台旁，忽闪着烟星，像一团即灭的黑碳。

石柱叹口气，又伸长耳朵朝窗口探，接着又叹口气，继续焦灼地忽闪烟星，无奈！耳边仍然是一阵又一阵低鸣的风。

傻根进去半刻钟了，再不出来，石柱就要敲门了。

烟星闪到石柱的手指头，石柱眉头一皱，把烟星往地上一掷，脚板儿一辗，烟星不见了。

石柱站起来，手刚要往门上敲，傻根"吱吖"一声把门打开了，朝石柱露出一脸笑，石柱白他一眼，横出几个字，笑你个鬼！说着把傻根往窗台旁一推，门"吱吖"一声又关上了。

白玫躺在床上，仿佛惨白的脸在灯光下一点点地消失，石柱不忍多看，把眼睛转向白玫旁边的红玫瑰。

傻根送的。白玫勉强一笑。

哦……石柱的手往裤兜里钻。

傻根真傻，都这时候了，还特地从城里给我捎了那么一把红玫瑰。

哦……石柱从裤兜里掏出一枚戒指，脚往前一移，蹲在床边，戒指一下子就套在了白玫的手指上。

白玫仍旧挂着笑，手顺从地让石柱握着，白玫说，你咋比傻根还傻呀。

石柱笑，笑得比傻根还傻。

白玫说，我走了以后，你和傻根都争取再找个媳妇，孩子没娘不行。

石柱点头，点得比鸡啄米还密。

白玫又说，往后和傻根都别再争了，大家好好过日子，有什么困难都互相照应一下，都是邻居，亲着哪。

石柱又点头，点得比鸡啄米还狠。

白玫不说话了，闭了眼，微微地喘气。

石柱的手躲在屁股后面来回地搓，搓得直冒汗，搓得嗓子眼直哼哼，白玫抬起眼看他，有什么话就说吧。

哦，也没啥……嗯……就个事……就那个……俺就想弄个明白，我和傻根追了你五年，你心里到底装下了谁？

白玫漾起微笑，呵……装下了谁？

嗯，装下了我？还是傻根？

你，装下了你……

石柱笑了，笑得比傻根还傻。

白玫走的第二天晚上，傻根和石柱都站在自家的天台上，两家的天台挨得很近，挑根竿子就可以把对方家的玉米棒子钓过来。

以前白玫还在的时候，石柱曾经就挑了根竿子往傻根家天台上放马蜂窝。

傻根也不傻，把牛粪往石柱家门前一坨一坨地堆，堆得像座小山，堆得白玫到了石柱门前就往傻根家里钻。傻根不傻哩，就去年中秋节吧，他还让他家的娃把石柱骗到江边，说石柱的小子石倪掉进水里了，石柱便一个扑通往水里跳，一个劲地扑腾，一个劲地喊他的石倪，喊得肝肠断尽，喊得傻根娃忍不住哭起来，叔，回来吧，石倪不在水里，是俺爹让俺支你出来，俺爹要和白老师单独赏月……

当然了，石柱更不傻，就那年春天吧，白玫的生日，石柱趁傻根睡午觉的隙儿，把傻根睡觉的房门套上了大铁链，傻根被锁了一个下午和晚上，急得在房里跳成了蚂蚱。

石柱和傻根为白玫斗了五年，这五年里，白玫从没表过态，她没说喜欢傻根，也没说喜欢石柱，她只是一如既往地教她的书，一如既往地给傻根娃和石倪织毛衣、补裤衩，白玫只会说，没娘的孩子怪可怜的。

傻根和石柱的媳妇是在一个月亮煞白的夜晚联合起来逃跑的，她们都嫌她们的傻根和石柱穷，不但穷，还一个傻、一个横，日子过得像在刀锋上磨一样难受。

女人走了之后，就苦了那两个娃，没娘管、没娘爱，两小子就像天上落下来的雨，任人骂，任人笑，直到城里的白玫来到村里支教，两个娃才开始有了另一个春天。

傻根和石柱这会儿坐在天台上都不说话了，傻根偶尔瞄一眼石柱，石柱偶尔也瞄一眼傻根，偶尔两人的目光对碰，又闪电般缩回去。

一勾镰月挂在天边，被风一吹，摇曳着，像是要把夜一点点地裁开，将白昼一点点地掏出来一样。

傻根说话了，白玫是孤儿。

石柱应话了，我知道。

那病是遗传病。

我知道。

祖祖代代都有。

我知道。

这病不能结婚。

还不能生孩子。

你咋什么都知道？傻根不满地坐在了地上。

所以白玫不能跟咱俩好。石柱也坐下了。

沉默了半刻，石柱一骨碌跳起来，嚷道，喝一碗？

好，喝一碗！

　　石柱和傻根从各自房里端出一碗酒，呼哧着往对方一摆，镰月落进了酒里，摇曳着变成了弯弯的小船，秋风缓缓吹来，把白玫临走前的话也也捎来了，在两人耳边不断地回荡——你，装下了你……

　　傻根和石柱脸上的笑隐隐地漾开，然后一个咕咚，吞掉了一个月。

亲爱的

很多事情总是不经意间就发生了，比如我和你的相遇。

那个下午，阳光像零星的空气，一阵一阵地，偶尔落在橱窗上，偶尔从树叶间洒下来，变成斑驳陆离的晶莹。步行街上的人像一片片飘零的落叶，偶尔停在某个橱窗旁，偶尔又钻进扩音喇叭正在狂轰乱炸的商店里，偶尔又在阳光下亲昵地耳语，然后顺便耸耸深秋色的肩膀。

我就是其中的一片落叶，我的皮包在人群中轻轻地摇曳，像一片欢快的云儿。

歹徒从我背后冲上来的时候，我被狠狠地甩在了地上，继而我的皮包就被扯掉了，我疾呼，抢劫啦，抢劫啦……

周围的人像看怪物般看着我，对我和歹徒指指戳戳，我一边拼命地喊一边撒腿追去，眼看着歹徒就要横过马路，突然你的身影从马路那边扑上来，你的腿一抬，再一扫，接着身子来个 360 度旋转，瞬间就把歹徒压在了脚板下。

一切都是那么的不经意，你不经意地帮我制服了歹徒，你又不经意地叫我大妹子。你说，大妹子，你看看，里面的东西少了没有。

我接过你递过来的皮包，然后掏出钱要谢你，你却跑了，跑得像一阵风，声音随风传来，大妹子，歹徒你看好了，警察马上就到。

我转眼看那在地上直哎哟的歹徒，他的手脚早已被你用皮带扎得紧紧的了。

你渐渐跑远，你的声音还在传来，大妹子，我得赶回部队⋯⋯

捆在歹徒手脚上的那条皮带是你的，在我无从知道你的名字和来源时，我在那条皮带上看到了几个微小的字：李燃，广西边防武警。

周围的人像看电影般围上来，仍然指指戳戳，仍然议论纷纷，他们说你是英雄，他们又说你是一个有心眼的英雄，他们还说你留下皮带是为了立功⋯⋯不管他们怎么说，我卷起了皮带，我决定要为你订做一面锦旗。

英雄救美之后会是怎样的？最世俗的结局不过就是：美人动了芳心，然后以身相许。而我和你，就是在不经意地相遇之后，又很世俗化地发展下去了。

我勇敢地向你表白，你的脸却绷得紧紧的，你不轻易露出笑，你的声音总是那么铿锵有力，你开始叫我大芳子，你说，大芳子，我是一个兵，我没有钱，不会说甜言蜜语，我没有时间，我要在部队里呆三年，不！可能还要久，可能四年、五年，还或许六年、七年⋯⋯

我说，等！我愿等！

从我的住处出发，要经过很多条熙熙攘攘的马路，要经过一个鱼龙混杂的市场，还要经过一座黑森森的墓园和一片狭窄的民房，最后穿过一片郊外的田野，才可以看到你的部队。

那是一个月亮皎洁的夜，我们站在部队的八角亭下，八角亭矗立在小小的山丘上，许多细杆儿的小桉叶在风中瑟瑟起舞，山丘下的篮球场正在上演着激烈的角逐，我把手里的苹果递给你，你又把苹果放了石凳上，你的脸还是绷得那么紧，眼睛紧盯在球场上。

片刻，你说，大芳子，以后白天来，晚上不安全。

我点点头。

你又说，大芳子，我是一个兵，我不会说甜言蜜语。

我说，我理解。

你不说话了，眼睛仍然盯着球赛，月亮躲进了云层里，你趁势拉住了我的手，

你的手心暖暖的，掺着一丝汗，伴随着不均匀的呼吸声，显得那样的局促。

你说，大芳子，我养了一条狼狗，我叫它"亲爱的"。

亲爱的？

嗯，亲爱的！这是它的名字。

呵……亲爱的……

夜越来越沉了，你和你的"亲爱的"把我送到车站，你说，大芳子……声音停下来，接着又继续喊，大芳子……路上小心呀。

一切都是那么不经意地发生了，就像你不经意叫我"大妹子"，然后又不经意地叫我"大芳子"，就像那一阵洪水在夏天里不经意地光临，然后你和你的战友们在洪水里顽强地奋战，你们不经意地救起了很多人，直到你最后又被洪水不经意地冲走。

整个城市都在追逐你的事迹，他们说你是英雄，真正的英雄，因为你这回什么都没留下，连一根头发都没有。

你的"亲爱的"在训练场上呼哧着长舌头等你，我伏在它身上，我企图在它身上寻找一丝你的味道，没有！你真的消失了，那么不经意间就消失了，我的眼泪划过"亲爱的"身上，它朝我"汪汪"地叫了两声，然后飞奔向你的宿舍，它衔来一张纸，我看到你的笔迹，纸上满是"亲爱的"，而纸的背后写了那么一句：我是一个兵，我要像训练一样，练习说"亲爱的"。

嗨！亲爱的，给我把球捡回来……

寻月亮

大家都说卢大军的脑子有点残，嫁不得。而月亮却执意要收他的订婚礼金。

没承想月亮跑了。

月亮跑的那晚，卢大军还在做美梦。他梦见结婚时的月亮真漂亮，穿着大红旗袍，抹着胭脂，嘴唇亮晶晶的，像枚红樱桃。梦里的卢大军咧着嘴笑，笑得一把口水浸湿了枕巾，发出一股臭蒜味。

做完梦的第二天，卢大军上月亮家找月亮，月亮娘躺在床上呻吟，"哎哟哟"地直喊痛。卢大军问，咋了？月亮娘说，月亮跑了，攘着你那五千块跑了，我拉不住她，一个跟头摔在门槛上，痛啊，我的腰像散了架一样。

卢大军说，月亮跑哪去了？

月亮娘说，不知道，打死她也不说。

卢大军在村里村外翻了个遍，也没找着月亮的影。

半年后，村里的卢二杆从南宁打工回来告诉他，月亮跑南宁去了，在一家娱乐城做公主。

卢大军一愣，说，公主？公主是干啥的？

卢二杆不说，斜着眼嘿嘿地笑。

卢大军决定去寻月亮，他坐着大巴车颠簸了几个小时来到南宁，随便找个旅馆落了脚。时间还早，娱乐城也没开门，他就看电视，电视正放着公安部门打击淫秽色情活动的新闻。卢大军躺在床上就着电视似看非看地睡着了。

一觉醒来已到了晚上，他吃了碗面，就往娱乐城去。

娱乐城真大，中央一个大舞池、一把螺旋式云梯直达二楼，男男女女窝在舞池里扭秧歌，有些扭累了，就抱成一团亲嘴。二楼有包厢和卡座，镭射灯像机关枪一样胡乱扫着，扫得卢大军眼花缭乱。

卢大军用手搓把脸，开始寻月亮。刚迈进舞池，一个不留神就被舞池边上的小台阶绊了一脚，整个人像块烂泥巴一样摔在舞池内，惹来周围一阵哄笑。卢大军爬起来继续往舞池中央走，一边走一边盯着每个跳舞的女人，确定不是月亮后，他又往周边走去，一个服务小姐过来问他，是不是订了包厢，卢大军心头一愣，说，我找月亮公主。

服务小姐给卢大军找了间包厢，卢大军往包厢里一坐，感觉自己变成了总统，他想月亮真能耐，在那么好的环境里工作，想着既呵呵笑出声来，服务小姐说，您要找公主？卢大军直点头说，对，我找月亮，月亮公主。服务小姐说，这里没有月亮公主，只有个星星。卢大军一愣又说道，是那个耳边有颗痣的公主？服务小姐说，我带她过来给你看吧。

那星星公主穿着件透明连衣裙，丰满的线条若隐若现，看得卢大军心眼儿直往上提，他结结巴巴地问，公主都是这样穿衣服的吗？那星星公主一阵媚笑，她说，你不喜欢吗？还有不穿衣服的呢？

卢大军一听，把那星星往里一推，自己直奔出大门，一边奔一边喊，月亮，月亮，你给我出来。这一喊把保安给引来了，卢大军也不管，一个劲儿地喊，月亮，你出来，我有话要和你说。一边喊一边踹开各个包厢门，惊得里面一阵阵尖叫，几名保安跑上来一脚把他踹倒在地，扭着将他压出娱乐城外，一松手又把他摔个狗啃屎。

卢大军蹲在黑暗的角落里抽烟，烟星一闪一闪地喘得厉害。

月亮找不着他心里不踏实，脑子像被塞了棉花一样。

这时一个大盖帽从他身边走过，他脑子忽然一闪，就闪出白天的新闻，他想自己没办法找月亮，就让公安帮找，找着了，如果月亮没做见不得人的事，公安自然会放她，如果做了，只要月亮能改邪归正，他也愿意等，想着就掏了手机拨110。

一个星期后，公安局给卢大军来电话，说兰小妖找到了。卢大军说他要找的是兰月亮，不是兰小妖。那边呵呵地笑，那边说兰小妖就是兰月亮，兰月亮就是兰小妖，她在娱乐城里叫兰小妖。

卢大军把电话一挂又奔南宁去了，见了月亮，泪花在眼眶里直打转。月亮低着头不看他，卢大军这会儿也不知说啥了，只嘀咕了一句，要不是公安同志帮忙，你就一辈子掉进屎坑里了。

这话一出，月亮立马把眼睛抬起来，月亮说是你揭的竿？

卢大军点点头，月亮就不讲话了。

卢大军出了派出所，没多久，手机响了，还是公安局来的，对方说，大军同志，感谢你对我们工作的支持，但是你现在还必须再回来一趟，兰小妖刚才给我们揭了个竿，她说你在她不自愿的情况下，逼她和你结婚，这在婚姻法上是不允许的……

卢大军一听，双眼一花，脑子又被棉花给堵了。

老孟买梦

老孟没有梦想了，在城里梦了一辈子，拼搏了一辈子，混了个一官半职，该实现的基本上都实现了，实现不了的他也不想再去折腾了。

老孟卷了几件衣服，说走就走，上哪儿去？告老还乡去了。

老孟在河堤下开了一片红薯地，闲时就去浇浇水，懒了就坐在河堤上看，看河边的渔民捕鱼、捞河螺，看近处几棵歪歪扭扭的杨桃树上结着的几个歪歪扭扭的杨桃，再看菜地里偶尔起起浮浮的几个菜农，看这些景致时，老孟忽地觉得自己仿佛乘上了一片云，他在云里悠然自得地摇曳，在这摇曳的过程中，几十年的烟瘾竟悄无声息地被摇掉了，老孟觉得奇，他挠挠后脑勺，笑笑，又一想，没有梦想的日子其实也是人生一大快事。

牙子便是在这个时候出现的，一个黄毛小子，瘦得像只猴子，黑乎乎的脸上嵌着一双圆溜溜的眼，睫毛出奇地长，弯弯的，像个非洲女娃娃，起初老孟并没有注意到这个毛头黑小子，待注意到时，牙子已经窜上河堤和他并排坐一起了，手里抓着几个地瓜，塞一个给老孟，说，吃吧，甜哩。

老孟愣了一下，牙子又说，不吃？不吃我可收回了。

老孟接过地瓜，掏出小刀要削皮，牙子一个手快抢过来，呸呸呸道，还嫌脏呢。老孟赶紧把红薯抢回来，嘣嘣几声咬下去，又哎哟哟地直喊牙疼，把牙子逗得呵呵笑。

牙子说，爷，牙不行咧。

老孟说，别小看了爷，当年爷是你这个年纪时，比你强上几倍。

牙子一听，又呸呸呸道，爷，你说个话咋就不脸红呢。

老孟呵呵两声，把话题一转，你小子逃学来着？咋不上学去？

牙子把脸一别，嘟囔道，不上。

为啥不上？

不想上。

为啥不想上？

学不好。

为啥学不好？

老师说俺学习不脚踏实地，只会做白日梦。

做啥梦了？

赛场上，一只乌龟爬了十里路，一个兔子跑了二十里路，黑狗裁判一路跟着它们，爷，你说，黑狗一共走了几里路。

你说呢？

黑狗一里路都没走。

咋会没走呢？

黑狗有望远镜。

哈哈哈……

爷，你说是不？

老孟点点头，中，中。

还有呢。

还做了啥梦？

好多好多。

老师把俺的梦告到俺爹那里，昨晚俺屁股挨了板子。

爷，你看。牙子跳起来，窸窸窣窣地脱下裤子，还把屁股翘得老高。

老孟咂嘴道，小子，真不害臊呀。

牙子把裤子一提，又嘣嘣地啃起地瓜来。

老孟瞅瞅他，又望望远处浮动的渔舟，忽地想起自己小时候的光景，那时的老孟不也是个毛头小子吗，他挨过多少次老爹的板子，细数下来也数不清了，就那次吧，河水大涨，他逃学去河里捞鱼，鱼没捞着，险些被河水冲走，好在被村里路过的阿六看到，救了上来，才活到今个。

爷，你想啥呢？牙子打破了两人的沉默。

老孟从记忆里走了出来，他看看牙子，忽说，小子，爷老了，没什么梦想，俺就买你的梦吧。

牙子睁着圆溜溜的眼，半天回不过神来。

你把在课堂上的白日梦都记下来，俺买，一个梦两块钱，写得好的话，还有额外奖金。

真的？

真的！

拉拉勾。

好，拉勾。

拉勾上吊，一百年不许掉，掉了是小狗。

哈哈哈……

牙子第二天果然上学去了，放了学就往河堤上跑，见了老孟，远远就喊，爷，买梦啰。

老孟也不食言，当场就掏了两块钱给牙子。

有了这等好差事，牙子的梦是越做越好，起初他只是随手写写在课堂上的浮思联想，后来在老孟的奖金诱惑下，他干脆把老师在课堂上讲的点点滴滴记下来，回到家又一头扑进这些笔记里，如此下来，许多个栩栩如生的梦便一个个地诞生了。

这样坚持了几年下来，本没有梦的老孟在不经意间就收集了一集子的梦，而牙子呢，把梦做进了现实了，中考时，各科成绩都出奇地好，作文分得了满分，还被《南城报》登了出来。

牙子拿到录取通知书这天，第一个想到的就是老孟，他挥着录取通知书和《南城报》往河堤上跑，到了河堤，没见着老孟，调头就又往老孟家跑，老孟坐在后院摇椅上，一头白发在微风中忽飞忽落，还没走到跟前，牙子就朝老孟后脑勺喊，爷，俺被县高中录取了，爷……

老孟没有回话，头也没回，摇椅静止在夕阳下，像一只疲倦的骆驼，待牙子跑至跟前，牙子一下子就慌了，只见老孟闭着眼，一脸的微笑，任凭牙子如何喊，如何摇，也没有醒过来。

牙子忽然明白了什么，一头扑进老孟怀里，撕心裂肺地喊，爷，是您圆了俺的梦啊……

爱上猪八戒

今天的云有些诡异，忽阴忽阳的，我在这样的天气里爬了将近三个小时的格子，小说写得很不顺利。

我打个哈欠，揉揉双眼，然后趴在桌子上打算休息一会。

几分钟后，一阵风拂过我的头顶，短发微微浮动，继而又听到几声咝咝的、极不耐烦的长鸣，我抬起头，忽见一双金星火眼在面前不停地眨巴着，我一惊，往后一个趔趄，板凳被翻了个哐当，又是一阵咝咝的长鸣，继而变成哈哈大笑。

孙悟空！

确实是孙悟空，他挠挠头，一屁股坐在我的桌子上，还翘起了二郎腿，他不断地咝咝长鸣后，问我，你就是杨小芳？我点点头。

他说，你比如来佛还厉害？

我说，你一个跟头十万八千里，而我连一个跟头都翻不起来，你说我能比如来佛厉害吗？

孙悟空又挠挠头，忽而从耳朵里抽出他的金箍棒，一吹，金箍棒变长了，他抓起金箍棒围着我转了一圈，仍呲着牙说，你个妖精……说着举起金箍棒往我头顶挥来，我哪里来得及躲，大叫一声，救命啊……

我敢打保票，这绝不是梦。我说这话的时候，方子剑正拿起咖啡杯。

方子剑是我的预备老公，长得帅气阳光，又有一定的经济基础，对我不错，父母也喜欢，但目前为止我仍然不愿把他列入正位，为什么？我也说不上来，一种感觉吧，像我这种热爱写小说的人，感觉是很重要的，虽然方子剑确实很优秀，就像孙悟空，孙悟空也很优秀，他无所不能，但要和这样优秀的人结婚，总觉得会少点什么，而且少的这点东西恰好又卡在咽喉处，吞不下去又吐不出来，于是就这样耗着了。

对于我的话，方子剑没有说信也没有说不信，他把手里的咖啡杯停在空中，然后浅浅一笑说，下次孙悟空再来时，第一时间打电话给我。

那些忽阴忽阳的云再次出现的时候，孙悟空没有来，来的却是猪八戒。

当时的我还处在小说的状态里，昏昏沉沉不知所云，我不知道猪八戒在我身后站了多久，直到我起身想去倒水喝时，猪八戒就一边咬着手指头一边把水递了过来，我被吓住了，板凳再次被我一个趔趄摔得哐当响，猪八戒见状，赶紧把杯子放在桌子上，又扶起板凳，然后抛个媚眼说，小芳姑娘莫怪我太鲁莽，我是听师兄说起你，才冒着被师父惩罚的危险来的。

猪八戒长相除了丑一点外，倒还算个温柔汉子，他含情脉脉地看着我，忽而又娇羞地别过头去，然后弱弱地说，小芳姑娘，听师父说你将要改变我们师徒四人的命运，不知是不是真的。

我呵呵一笑，说，我没有这本事。

猪八戒就又抛个媚眼道，不管是不是真的，但我此次冒死而来，只想请求你一个事。

说说看。

如果你真有本事改变我们师徒四人的命运，就请帮帮我。

帮你什么？

帮我还俗，我不想当什么仙人，我只想当个凡人。

为什么？

当皇帝是没什么指望了，当个强将吧，功力又敌不过俺师兄，现在就连做个凡人也难，猪头猪脸的，没个女人中意。

猪八戒的要求一点也不过分，我甚至被他的那点心思感动了，可是我能帮他吗，我能吗？如果我能的话，要把他放置一个怎样的社会背景中，一个封闭式的计划经济？还是一个开放式的市场经济？或许仍把他置身于大唐盛世之时？

我还在犹豫，电话响了，是方子剑。

方子剑说，孙悟空来了吗？

我说，没有，这回来的是猪八戒。

那边哈哈大笑。

你不信？

我信。

信你还笑。

小芳，出来透口气吧，小说写得过头了，你完全把现实生活中的我忘了。

方子剑的电话把猪八戒吓跑了，他是什么时候走的，我没有任何印象，只感觉一阵风吹入我的眼睛，一眨眼，喘口气后，猪八戒就不见了。

方子剑的咖啡杯似乎永远喜欢停留在半空中，就连方子剑的笑容也如此，他的笑从浓郁的咖啡香味中穿越过来，最后又在我的脸上来回地荡漾，我忍不住把桌上的三颗奶糖——排列开来。孙悟空、猪八戒、方子剑，我该选谁呢？

方子剑眼睛一亮，又耸耸肩，表示疑惑。

我把中间那颗奶糖移出来，我选猪八戒。

方子剑再次耸耸肩。

我说，因为我是凡人。

方子剑把手里的咖啡杯放下来，一伸手抓住我的手，说，我是猪八戒。

我眼前忽而一亮，卡在喉咙里的那些说不出来的东西一下子吞进了肚子里，方子剑的什么遗憾和缺陷都没有了，我抹一把眼睛，咯咯咯地笑，然后又极其认真地对方子剑说，我们结婚吧。

丑小鸭也有春天

奥德曼酒吧的招牌在邕州老街和亭江路口处立起来的时候，她每天晚上都要来一趟。

奥德曼酒吧的建筑风格简约而雅致，曲线式的葡萄藤延着墙面伸展，再配以优美的紫红色翅膀，别俱风味，线条道劲而富有节奏的铁艺栏杆衬着宛转的红木梯直达江堤，堤上是一个由葡萄藤架起的充满复古风格的葡萄园舞池，舞池里放置了摇椅、椭圆形的藤桌，以及浓郁的奥德曼红酒，人们在池里品酒、起舞、谈笑风生。

堤上绚丽的霓虹灯与一楼酒吧里淡雅的鹅黄色灯光弥散在夜色里，一活一静的对比，把整条邕州老街都给点活了。

晚上，她把母亲安顿好后，就会静静地走上江堤，伏在围墙上。偶尔会有汽车驶上江堤，停在奥德曼酒吧的停车位上。

她有些颓废，因为今天她摔坏了三瓶牛奶，这个月的奖金没有了。

每天凌晨三点，当一弯眉月还悬在半空时，她就要从床上爬起来，然后用自行车驮上两大箱牛奶，一家一户地送。好在她的意志力很强，她克服了各种困难，终于坚持了下来，老板破例留用了她，虽然她单薄得像一张纸，而且还长着一张算不上漂亮的脸。

有人拍拍她的肩头，是管理车辆的大叔，小姑娘家怎么那么晚还在这里。

她浅浅一笑，没有说话，轻轻地走开了。她披着月色，把头埋进自己的影子里，然后对自己说，小芳，你也会有机会走进奥德曼里喝一杯的。

她的母亲躺在床上好几年了，父亲去世后，母亲就没站起来过。

以前只要有什么高兴事，母亲和父亲偶尔会喝一两杯，母亲一喝，脸就绯红绯红的，漂亮极了。父亲说过，那是一种香槟酒，是一种喜庆酒，红色的，甜甜的味道。

她在江堤上走了一圈后，又回到了原来的位置上。

舞池里那个长发女孩真漂亮，穿着纯白色的公主裙，红色的小高跟鞋，陪她一起喝酒的男人也很帅，像电视里的林志颖。她看得有些痴了，看管车辆的大叔又过来拍她的肩，你怎么又回来了，天天都来这儿呆着，就不怕坏人把你抓去，小女孩家的，快回去吧。

她蠕动了一下嘴，想说什么又说不出来，垂头丧气地要走。大叔见了，又把她拉住，哎，等会。大叔在口袋里掏了半天，掏出几个小桔子，给，拿去吃吧，有什么不开心的事，睡一晚就没有了。她的眼睛忽然酸酸的，鼻子一下子就红绉绉的了。大叔说，哭啥呢，年纪轻轻的……

她没有接过大叔的桔子，蹭开大叔的手跑了，大叔愣了一会，突然又对着她的背影喊，星期六过来吧，星期六，这里开一个免费品酒会……

她其实不小了，二十一了，她也渴望有一段爱情，一个爱她的男孩，在她很想哭的时候，起码有一个可以依靠的肩膀。

牛奶的订户越来越多，她的工作量也逐日加大，她的身体有些吃不消，熬至星期六时，她终是病倒了。她想起大叔说的品酒会，便不顾母亲的阻拦，执意走了出来，夜很美，把所有的失意都驱走了。

奥德曼酒吧果然在举办一场免费的品酒会。人很多、车很多，熙熙攘攘的。

她也想进去品一杯红酒，再给母亲带回一杯。她们家好像很久没有高兴的事了，她觉得生活仿佛只剩下一片灰蒙蒙的天。

　　她刚迈进门口，很快就又退了出来。她看到自己那条宽大的裤子和那双洗得发白的帆布鞋，胆怯了。这时，一个白色西装的男子瞅见了她，他走过来，递给她一杯红酒，并且柔和地说，怎么不进去呢？她有些窘迫，怯怯地接过酒杯，轻轻地抿了一口。呵，那味道比香槟好多了，她忽闪着眼睛看他，他浅浅一笑，牵着她的手，把她拉进了堤上的舞池里。

　　所有人都停止了跳舞，大家盯着他们看。他把她的手放在他的腰上，他扶着她的肩，拉着她的手跳起来。他在她耳边轻轻说，别紧张，跟着我的步子走，嗯，对，很棒，就这样。音乐旖旎于上空。她也会跳舞了。

　　第二天凌晨，她又坚强地爬了起来，把牛奶送完后，她把空奶瓶返还公司，老板用一双惊讶的眼睛看着她，同时把手里的报纸递给她，小芳，你上报了呢，居然和奥德曼的年轻董事跳舞呢。

　　她一愣，心里掠过一丝甜意。她想，晚上该和母亲喝一杯了，因为丑小鸭也有春天。

富二代梁航

梁航第一天上班就风风火火地来了，开着他的奥迪，一身D－wolves穿着，和办公室里青一色的的蓝加黑极不协调。

部门经理阿刘皱了皱眉，阿莉吐了把舌头，阿兰则啧啧称道，富二代果然是不同凡想。

梁航不高，胖，一笑就把眼睛埋进眼睑里，脸部的肉随之起伏，像一对小月芽根植于肥沃的土地中，那嘴则变成一朵绽放的花，把两排皓齿映衬得格外耀眼。

阿莉盯着梁航，言不由衷地说，花开了，种子在睡觉。

这一说，梁航的笑就更恣意地绽放，这笑使整个办公室里的人也都变成了一朵花，梁航便自作主张地给这些花取上了雅号，梁航说，这位大姐叫阿花，这位 MM 叫嫩花，这位老哥叫土花，我叫鲜花。

阿刘这朵土花刚皱完眉，被梁航一说，又忍不住笑，染航赶紧抱过来，呼呼地在阿刘耳边吹起一阵风，说，土花经理，小生初来乍到，望日后多多关照。

阿刘对这个梁航有些头痛，梁航的老爹是 M 市的 X 长，官职自不必说，这不，梁航刚毕业，就顺利地插进了这个热门单位。

阿刘对这个新人管也不是，不管也不是，而那梁航倒自觉得很，一拍胸膛道，土花，你就安排我打杂吧，别看我年轻貌美就不敢动用我，我什么都干得来。

既然梁航自个儿把话说出来了，阿刘对他也就不客气了，阿刘安排他催电费、出板报、与客户谈判，凡最杂的、最难办的事都往他身上摊。那梁航做得也算起色，和客户谈判时，还精心准备了礼物，总能让客户自愿妥协，满意而归。恁是把阿刘讨得屁颠颠地乐，直夸他这朵鲜花没白长。

梁航要请部门的人吃饭，下班时间一到，就急不可耐地把各朵花往他车里推，用梁航的话说，花儿在一起绽放，才能体现出社会主义的美好。哪承想，这美好情景刚开到半路，就撞了人，被撞的是一个妙龄女子，女子骑着电车在拐角处突然窜出来，梁航一个不提防，就把女子撞了。

梁航跳下车，看女子面含嫣红，朱唇皓齿，不禁为之一动，赶紧蹲下来学古人之态，双手抱拳道，小生无礼，还忘姑娘大量。哪想女子凤眼一瞪，你看着办吧！梁航便身子一蹲，要把女子抱上车，女子急了，挣扎道，我自己走。说完便一瘸一拐地站起来，往车里钻，梁航见状，一个箭步打开车门，边开边说，姑娘放心，我爸是农民，农民的儿子好说话，你要有个什么闪失，我砸锅卖铁都为你垫上。说完对办公室里那几朵花眨眼道，大餐改天补上。便呼啸而去。

几个月后，梁航再提请吃饭的事，阿刘就说，你别半路又弄出个林妹妹，借口把我们丢下。梁航再次恣意地笑，林妹妹早弄到手了，哪里还有那么多林妹妹。这话果然不假，吃饭时，大伙看到上次被撞的姑娘已经羞答答地坐在梁航旁边了。阿花又喷嘴道，富二代果然不同凡响。

梁航在电子广场开了个公司，美其名曰：浩航电子有限公司，主营各类数码产品、办公耗材等。梁航把名片恭恭敬敬地递给办公室里的几朵花时，一改往日的笑容，极认真地说，日后有需要的，还请各位照顾一下。说着又拍拍胸脯，绝对货真价值，八折优惠。

不上班的日子，梁航就往自个公司跑，吃喝拉撒基本上在那度过，有回，阿刘去找他，见他正忙着搬电脑，见了阿刘也不停下，只把嘴一咧，笑道，土花，欢迎光临，随便看啊。

梁航搬完电脑，又去试音箱，试完音箱又去接电话，忙活了老半天，才远远向阿刘挥挥手说，土花，看上什么吱一声。阿刘没看上任何东西，阿刘只说了一句，你小子平时不挺大方的嘛，到这份上了，却不舍得多请几个人？梁航嘿嘿两声，鲜花在成长，鲜花须努力。

那纸合同是在一个阴霾的天气下被阿刘发现的。当时梁航不在办公室，阿刘想起有个文件在他手上，便打电话问他，梁航说文件放在抽屉里，阿刘一翻，文件找到了，同时还摸出了一份梁航和他老爹签订的借款合同，原来，梁航的汽车、公司皆是这一纸合同而来，且归还期为 20 年，也就是说 20 年后，梁航如果还不上这笔债，他老爹的财产将会一分不留地捐献给福利院。

乌云终于憋不住了，雨倾盆而下。梁航这时呼啦啦地跑进来，一进来就把手里的大包小包往桌上放，然后挥手把各朵花招过来，俺今天谈成一笔大生意，来来来，给我庆祝庆祝。

阿花和嫩花一哄而上，而阿刘这朵土花却傻了，看着梁航那张种子和花朵一齐并存的脸，他突然就说，土花在成长，土花须努力。

城市上空的鸡鸣

鸡啼，睁眼，仿佛一个世纪就过去了。

十婆真的老了，那些大事小事一股脑儿都忘了，梦里偶尔闪出些片断，那些片断缠绕着，扯成线，刚要开始织就，这鸡就啼了，把线啼断了，十婆一松眼，就什么事儿都不记得了，耳边只有一阵不老的清音，一辈子。

十婆伸手一拉，灯"啪"地亮了。

鸡不啼了，闹钟还在滴哒走，这闹钟是儿子阿五买来的，哪年买的？不记得了，反正这闹钟坏过几次，修过几次，现在也还在坏，坏就坏吧，反正也用不着它，有鸡呢。

十婆从抽屉里取出几柱香，嚓嚓地划亮火柴，香烟袅袅，十婆嘀咕起来，阿五让俺进城，孙女们也让俺进城，俺不进，城里有啥好呀。到处是车，到处是人，邻里邻外像不认识一样，门关得紧紧的，鸡鸣更别说了，偶尔听到几回，也是笼里那群准备要下锅的鸡，听起来啊，就像我这种垂死的老太婆在哎哟。

十婆把香插好，开始注酒，仍旧嘀咕着，他爹，你喝吧！你抽吧！你在上面，没有人管你了，你爱喝多少就喝多少，爱抽多少就抽多少，只要舒心，俺也不管你了，人一辈子图啥呀？就图个舒心。

点了香，十婆就往院子里走，一弯浅浅的月眉还挂在天上，风哮喘似的有阵没阵地吹，把院里的枣树吹得"疏疏"响，院里的鸡看到十婆，像见了亲人似的，扑腾一阵，欢叫一阵。十婆"笃笃"

嘴，撒一把米，又"笃笃"嘴，又撒一把米，然后吟起诗来，买得晨鸡共鸡语，常时不用等闲鸣。深山月黑风寒夜，欲近晓天啼一声。

诗是隔壁六根教她的，一教她就记住了。

十婆的脚不好使了，刚迈下台阶，就被滑了个跟头，两眼一黑，就不知事了。

醒来时她首先想到的就是那群鸡，十婆说，咋这鸡不叫了，睡过头了？

趴在床边的阿五，揉着眼，惊喜交集地，妈，你醒了？

醒了，醒了，好久没做过那么长的梦了，俺梦见你爹了，还有你弟，你弟呀，倔！为了件芝麻屁事，跑山头寻短见，唉，回不来啰……

妈，我是阿五呀，妈……

十婆回了神，四周望一圈，索性又闭了眼，嗯，我知道，在城里的医院呢。

十婆摇摇头，又说，到处都是白墙、白布、白衣，没死也要被折腾成死人了。

妈，等明儿好了，我就送你回去。

十婆伊呀着从床上爬起来，边爬边嚷，要回现在回，这里我一刻也待不下！

阿五见势急忙把十婆扶下，十婆又伊呀着要起来，阿五又扶下，来来回回地闹了半天，旁边的病友看不下去，说话了，大妈，你儿子不容易呀，从村里把你弄上来，一个人守了几夜，你就体谅体谅他吧。

十婆果真听了话，躺在床上不动了，阿五忙说，妈，医生说了，只要醒了就好了，再观察一个星期就可以出院了。

十婆哼哧着不说话，直到阿五起身要出去，她才哼出一句话来，阿五，村里那群鸡呢？

阿五说，我让隔壁六根帮看着，你放心吧。

十婆叹口气，又念起来，买得晨鸡共鸡语，常时不用等闲鸣。深山月黑风寒夜，欲近晓天啼一声。说罢，又躺下，不再理任何人。

病房里三个病友，每天都变着花样找十婆说话，十婆总是伊呀地应付着，有时出了神，忘了回话，眼角里闪出一滴泪，病友急了，就你一句我一句劝起来。

有啥心事就说吧？

是呀！是呀！

大伙能帮的都尽量帮。

是呀，说吧。

十婆叹口气，这医院呀，一睁眼就是一片白，伸长耳朵也听不到一声鸡叫……唉！不如村里好呀……

大伙听了一阵沉默，直到第二天，天刚蒙蒙亮，十婆的眼睛"嗒"地亮了。

喔……喔……喔……

鸡啼了，鸡又啼了，村里的鸡上来了？

十婆左看右看，没见着鸡，仍然是一片白。

喔……喔……喔……

声音一会来自左边，一会又来自右边，几个病友都笑了，一个病友说，大妈，我给你念首诗吧。

病友清了清嗓音，金距花冠傍舍栖，清晨相叫一声齐。开关自有冯生计，不必开明待汝啼。

十婆摸不着头脑，病友说，这首诗里有一个故事，说的是战国时孟尝君要逃出秦境，行至涵谷关时正是半夜，关上规矩是鸡叫才开关放行，幸有门客冯某善学鸡鸣，假鸡带动真鸡齐叫，守关人以为天将亮，于是开了关，孟尝君终于逃生了。

十婆一听更摸不着头脑了，几个病友一齐亮出了床头上的手机，呵呵地笑，大妈，这是手机铃声，每天早晨它会准时喔喔喔地叫我们起床。

十婆愣了半天，然后嘴一咧，笑了。

出院那天，十婆手把手地拉着几个病友，饱含深情地说，城里这假鸡没有唤出真鸡，却唤出了一片真情呀。

姊，够薄了吧？

　　我在南宁市的各个角落里瞎混了两个星期，最后在电线杆上看到一则招聘煮粉工的垃圾广告，我去了，为了养活自己。

　　面试我的老板娘是个四川女人，四十来岁的样子，一头深褐色的卷发，皮肤白皙，嘴唇锋利。我被那张锋利的嘴唇一顿严酷的审问后，幸运地留了下来。她后来告诉我，把我留下来的原因是看中了我的单纯，她说我不像社会里那种混久的小娘们。

　　粉店里另一个女孩叫叶梓，长得白白净净，说着一口桂柳话，来了四个月。

　　后来我们成为好朋友是自然而然的事，因为我们都痛恨着我们的老板娘，她的势利、刁钻常常让我们的腮帮鼓得圆圆的。

　　我和叶梓每天凌晨五点就开工，一直忙到晚上七八点，老板娘则坐在收银台前招揽客人，当然更多的是监督我们的一举一动。

　　我承认老板娘确实是一个做生意的料，起初，我刚学切锅烧的时候，她说，你这叫切片吗？叫切块！像你这样，我得卖多少碗粉才抵得过来？她滴溜一下眼睛，又说，如果以后切成这种块状的，发现一次扣10块钱。这个方法很奏效，后来我不得不逼着自己把那一片片锅烧演变成一张一张薄纸，纵使被顾客骂成人渣，也得忍气吞声。

　　老板娘也有开恩的时候，就像那天，时间刚过下午六点，她就笑盈盈地对我和叶梓说，今天放你们假，想去哪玩去哪玩去。

我和叶梓借了老板娘的自行车，叶梓说，她哥哥在广西大学读书，想去看看他，希望我可以陪她去。后来我去了，如果我知道后来的事情会是那样发展下去的话，打死我都不去，可是我不是神，我没想到我会死在老板娘的手里。

　　广西大学离我们的粉店很远，骑自行车起码也得一个小时，何况还是两个人用一部自行车，我们一路上说了很多话，从老板娘说到目前的工作状态、说到以后的婚姻、以后的老公，一路说来，感觉路程也缩短了不少。

　　叶梓见了哥哥以后，人一下子就变得开朗许多，可是这短暂的开朗一下子就变得乌云密布起来，因为老板娘的自行车就在叶梓与哥哥相见的短暂时刻被偷走了，被偷走之后，我们几个在广西大学来回地转了几圈，结果还是徒劳，后来叶梓哥哥说，天黑了，你们先坐公交车回去吧，我再找找。

　　如果我们听了叶梓哥哥的话就好了，就不会有后来的事情发生了，可是，我们没有听，我们没有坐公交车，我们决定徒步走回去，我记得，那天月亮特别亮，它不断地变幻着身影充当我们的伴侣，就在那样的夜里，我和叶梓走了很久很久。

　　准备走到粉店的时候，我们在一个黑暗的角落里看到一个人，他蜷缩在工商银行的门口处打盹，整个头都埋在膝盖上，而他的前面就放着一辆自行车，自行车的后尾绑着一个锤子和工具箱。叶梓看到后，用肩膀拱了一下我，然后凑到我耳边说，把那车拉走吧，你看这地方也没什么人。她说出这话的时候，我颤抖了一下，我怕，我真的没干过这种小偷小摸的事，可是叶梓不断地催促，她说，快点，等下他醒了就来不及了。说着她就走到那辆自行车旁，将车子扛了起来。我犹豫了一下，直到蜷在角落里的人似乎动了一下，才下意识地跑过去帮她扛起车的后尾。

　　我们的身影被灯光拉得很长很长，最后消失在那条无灯的小巷里，这条小巷让我们成功地劫取了一辆破自行车。

城市上空的鸡鸣　‖　115

可是当老板娘看到那辆自行车后，眼珠子几乎要蹦出来，她嚷道，真有种啊，狐狸尾巴终于露出来了，难怪我说呢，上个月的粉钱怎么会莫名其妙地少了一百块，估计就是你下的手吧。

她说"你"的时候，我差点从厨房的粉窗里跳出来。我慌张地向她摆手，我说，没有，老板娘，我真没拿过你的钱，真的！如果我拿了，天打雷劈、不得好死……我还想继续把自己咒得更严重一点的，可是老板娘一声令下，走人，这个月的工资扣下。

我耷拉着脑袋走在那条通往宿舍的小路上，到了宿舍，我在门边上想了很久，终于又折了回去，我决定向叶梓问个明白，我多么希望当时她可以走出来帮我澄清一下事实，可是她没有，当时她一直躲在厨房里寸步不离。

我在粉店门口停住脚步，我听到厨房里传来切锅烧的切肉声，叶梓在说，婶，这锅烧切得够薄了吧？继而老板娘尖锐的声音就传出来，以后在店里不许叫婶，说过多少遍了？

骑楼上下

是夜，很深了，仿佛所有的人都睡去，又仿佛都醒着，他伸出手，在黑暗里划了一圈，最后停留在灰白色的开关上，"嗒"的一声，灯没亮，再"嗒嗒"两声，仍没亮，电被断掉了，他垂下手，半会，手又本能地抬起来，在裤兜里"窸窸窣窣"几声后，又"嗒"的一声，打火机亮了，继而烟星忽闪，把一张颓废的脸隐隐约约地勾勒出来。

房子坐落在民族大道和中山路的拐角处，是一幢旧式骑楼，很旧，正因为旧，本该到了拆迁的年份，却又被政府作为象征性建筑存留下来，他在这里浑浑噩噩地过了几个月，抽烟、喝酒、沉睡，日复一日地做梦，梦里他的父亲又出现了，父亲向他露出弯弯的笑眉，他拼命地喊，爸，你回来，回来……

父亲没有回来，父亲消失了，真的消失了，父亲消失在一幢大楼里，楼里有他的房子，房子里有宽敞的玻璃、光洁的地板、真皮的沙发，当然，还有他的父亲，父亲在房子里摸摸窗户，又摸摸沙发，然后把眼光伸向窗外绿茵茵的草坪，父亲说，宏，这房子好哩，比我那骑楼好上百倍。他嘿嘿地笑，他揽过父亲，又摸摸父亲的白发，他说，爸，明儿你搬过来和我们一起住。父亲笑笑，然后点点头，却没有再出现过，父亲就这样消失在大楼里，消失在他的视野中。

他想起父亲时，父亲已经在骑楼里走了三天，父亲坐在摇椅上，怀里抱着他的相片，父亲弯弯的笑眉烙入了他的脑海。

白天他听着车水马龙的喧闹，晚上又听着夜市传来的划拳声、说笑声、打闹声、群欧声，这些声音穿梭在来来往往的车流声中起起浮浮。

是个男人的声音，像是喝了不少酒，男人吼一声，不买！

一群声音就起哄，好！有种，来，阿地，干了。

一阵碰杯声当当响过后，另一个男人又说话了，现在的娘们专往钱眼里扎，不给点颜色给她们看看，咱还叫男人吗？

来！阿骆，干了，说到我心坎上了。当的一声，又是一阵狂饮。

天涯何处无芳草，旧的不走，新的不来。是阿骆的声音。

唉，看透了，这年头，没个房，新的来了还是要走。

走吧！不就个娘们嘛。

阿地，你不是凑了十几万吗？交个首付还不成？

她说要一次性买下。

操！

也难为你老爹了，为你们几个儿子攒了一辈子钱。

是啊，阿地，昨天我还看到你爹在铁路旁的废旧站卖废铁。

得得得，别说了，今天是给阿地庆生的，说些高兴话。

庆生？

阿地今天重获自由，不是庆生是什么。

哈，好！，干了。

他闭起眼，牙根紧紧地咬了一下，又一下，他的面部痛苦地抽动着，手又在空中划了一下，然后习惯性地把开关"嗒"的一声打响了，灯仍然不亮，窗外的月光、灯光像一席轻纱似的滑进来，在他脸上、手上流淌着。

又是另一团声音，声音嘈杂而混乱，他睁开眼，一个粗暴的男声冲上来。

我说过多少遍了，再来，我就砸死你。

哇拉哇拉哇拉……

"嘭"的一声炸响，男声又响起，再哇拉，再哇拉，还不滚，滚！下次再让我看到你，你就像它一样，嘭……

哇拉哇拉，哇拉哇拉……

声音渐行渐远。

让开让开，别看了，这哑巴整天来这里偷酒瓶去卖，下次再让我看到，我非砸……

话没说完，只听"啪"的一声，男声强烈地"哎哟"一下，继而纷纷移动板凳的声音和议论声掺杂起来，男声咆哮起来，你活腻了是不是？

是你活腻了。这是阿地的声音。

他感到有些意外，他从床上爬起来，趴在窗口看。

一个赤裸着膀子的男人挥起啤酒瓶向阿地冲过来，阿地一闪，他扑了空，男人嗷嗷地叫，男人再次挥来时，阿地脚一横，正中男人的膝盖，男人腿一歪，趴个狗啃屎，周围一片起哄声，阿地走上去，还想再来一脚，被阿骆拉走了，阿骆说，算了，算了，不和这种人见识。

阿地朝男人呸一声，顺着阿骆的手走了回去，哪想男人突然一个跳跃，"呼"的一声，手里的啤酒瓶便把阿地的头打得血淋淋的了。

尖叫声，乱步声四面响起，阿地抹一把头上的血，呲着牙向男人走过去，男人又咆哮起来，你个孬种，有种的放马过来，我怕你呀。

这时，阿地那群酒友个个抓着个啤酒瓶围上来，，虎视眈眈地盯着男人，阿地见势，又横过一脚，男人哐当在地。

阿地说，下次，再让我看到你欺负我爸，我非和你拼了……

他愣住了，他爬回床上，又闭了眼，父亲的形象又出现了，父亲花白的头发，父亲弯弯的笑眉，父亲那双布满老人斑的手，还有父亲那只瘸腿，这一切，正一点点地侵蚀着他的神经，他的手又在夜间划动，最后又停留在灰白色的开关上，"嗒"的一声，灯仍旧不亮，手就又滑下来，半会，手在裤兜里"窸窸窣窣"几声，然后摸出一个手机来，他在手机上"嗒嗒嗒"地按，直至，一排文字显示出来：玫，分吧，汽车我不打算买了。

几分钟后，对方回了信，对方说，好，我同意。

他又闭了眼，他在黑夜里对自己说，爸，我和阿玫的婚事吹了，是我提出的，我乐意。

月光剪

　　莫言先生的小说《月光斩》你看过吧？你一定看过，若没看过，那一定得去看看，看了你就该知道我这把月光剪了。别以为莫言先生的月光斩只是一个传说，绝对不是，因为那把月光斩如今已经落到了我手里，我把它变成了一把月光剪。

　　嗯？你不信？你可以不信，但是我还是要说，我要说的是，我用这把月光剪救活了不少人。呵，你一定在笑我，你一定说我是个疯子，你一定会说，像我这样一个小女子有什么能力去救人，可是，我确实救了不少人。

　　什么？你问我那把月光剪是什么样子的？噢！那该怎么描述呢，我的表达能力不是很强，但我可以告诉你，这把月光剪美轮美奂，它若隐若现，它柔情似水，它又坚不可摧，它可以迷倒众生，又可以挽救世人。诗人李白你该知道吧，还有杜甫、孟浩然，这些人都被我挽救过。咳，你又在笑我了，你不信，你看，那个坐在窗口旁的女孩，她多漂亮啊，现在她被我救活过来了。

　　你为什么总是对我眨眼睛，不要老对我扮鬼脸，我说的可是真话。那个女孩叫蝶儿，她白天可不是这样的，她白天总是不停地打电话，打给一个男人，那个男人叫刚，刚的年龄比她大二十多岁，当然，不用说，你应该也知道，这个叫蝶儿的女孩，她像很多女孩一样做了人家的二奶，听过二奶吧，也就是以前所说的小妾，社会在变，连称谓也变得稀奇古怪的了，这个女孩其实并不爱刚，她爱的是刚的钱，她需要钱，因为钱，她背叛了另一个深爱着的男人健，又厚颜无耻地威胁刚的妻子离婚，你看不出来吧，多么纯美的一个女孩啊，为了钱，她昧着良心做了那么多让人汗颜的事。

嘿，别急，我会告诉你我是怎么把女孩救过来的，这一切似乎与我扯不上边是吧？是的！的确扯不上边。但是，你再看看，那个女孩现在在做什么，呵，看到了吧，她在哭，她在喝酒。你再仔细看看，她手里还拽着一张纸，你知道那张纸里写着什么吗？一首诗，对！就是那首：曾经沧海难为水，除却巫山不是云。取次花丛懒回顾，半缘修道半缘君。你说这首诗是写给谁的？当然是写给健的，她爱他，在这个时候她后悔了，她清醒过来了，她终于知道这个世界上有一样东西是用钱买不来的，爱！对！就是真爱！这种觉悟难道不是一种拯救行为吗？我这把月光剪可不是徒劳的。

嘿，别急，我还没讲完呢，大诗人李白的诗你读过吧，举杯邀明月，对影成三人。月既不解饮，影徒随我身。李白有抱负，有才能，却得不到统治者的赏识和支持，也找不到多少知音和朋友，他常常陷入孤独的氛围中，他感到苦闷、彷徨。这不得不承认是我把他救活过来了，我用一把月光剪把他救活了，至今他乃活着。你听，到处都是他的声音：床前明月光，疑是地上霜……古人今人若流水，共看明月皆如此……是的，李白的灵魂永垂不朽！就如这把月光剪一般。

你还不信？你觉得我在给自己揽功？不！这是事实，多少人离不开我这把月光剪，若你还不信，你再看看那边吧，那个人你该认识吧，F城的市委书记，他可是个响当当的人物，他一年内使F城的GDP增长速度达到全国第一，瞧，F城的楼房起得多快啊，那一片本是个荒岭，可一年内那儿就变成了高楼林立，这可全是书记的"功劳"啊。瞧，他现在发愁了是不？呵，你又开始眨眼睛了，我告诉你吧，他确实在发愁，你看他手里的烟都要烧到手了，你再看看他的手，他的手在抖，抖得不轻，他害怕了。我这把月光剪把他救活了，如果他再继续执迷不悟下去，我看他明天立马被双规。这是真的，李白不是说过吗，青天有月来几时，我今停杯一问之。人攀明月不可得，月行却与人相随。要像明月那般光明皎洁地做人可不是那么容易的，书记现在体会到了，他会改的，我相信！

呵，你终于相信我了，是吗？你不笑了，连眼睛也不眨了。我这把月光剪可不是吹出来的，是千真万确的一把月光剪！你说，一个人为什么而活，为财富？为地位？还是为男人或女人？都不是！是为感情而活，一个没有感情的人像什么？像行尸走肉！可是他们看到我时，就不一样了，他们或吟诗，或流泪，或深思，或愤慨……他们的感情被我一刀一刀地剪出来了，我这把月光剪就有这般能耐，它用它的光洁之躯不费吹灰之力就让他们活过来了。

嗯？你问我是谁？呵，怎么说呢，我也是被这把月光剪吸引住了，然后拼了命地飞奔上来的，他们都叫我嫦娥，你该懂吧，呵，你又笑了，你真逗，该叫你什么呢，叫星星灯吧，嗯！星星点灯，我想，你也是一盏救俗灯吧。

嘿，亲爱的，你要走了吗，好，那么，晚安了。

不能说的秘密

雷子以为拉丹什么都不知道，虽然拉丹和雷子同住一屋，虽然拉丹把雷子叫做哥。

出了医院，雷子说，明天带你去趟北海，你不是说最想去看看海吗？

拉丹诡秘的笑，然后露出一副鬼脸说道，我是不是准备要死了？

雷子眯着眼看拉丹，突然发出一阵长嚎："哦……我的妞要死了，我怎么办？"

拉丹"咯咯咯"地笑，雷子的脸却阴了下来。

去北海的事，雷子第二天就落实好了，当他开着一辆红色马6在他俩的租用房下长鸣时，拉丹的眼睛睁得比雷子手心里的夜明珠还大。

雷子在楼下喊："东西我都准备好了，把你的魂带下来就行了。"

拉丹披着一头长发从楼上奔下来，拉丹说："怎么没叫上炫姐姐？"

"不叫，就我们俩。"雷子说这话的时候，把手里的夜明珠塞给了拉丹。

拉丹一阵惊叫："哟，我的夜明珠，哥，你在哪找到的？"

"甭管。"车飚出去了。

"哥，炫姐姐不是最喜欢这款车了吗？怎么没叫上她呢？"

雷子不吱声。

"哥，你们闹别扭了？"

"哥，这车哪来的？"

"哥，怎么不讲话了呢？"

"拉丹的头发真漂亮。"雷子把手伸在半空，让拉丹飞起的长发从指间里划过。

拉丹瞪一眼雷子"哥，你就是爱胡弄我。"

车一路飞奔到北海。

拉丹见到海时的兴奋是显而易见的，这样的兴奋让雷子说话了，雷子说："妞，我们把南宁的房子退了吧，在这里租个小房，天天看海。"

拉丹止住了准备要跑起来的脚，嚷起来："怎么可能？这里的房子很贵哟，而且炫姐姐在南宁呢。"

雷子又长嚎一声："噢……妞！我的妞！我要来抓你了，嘿嘿，把你抓去卖个好价钱，卖了好价钱就有钱在这里租房子了。"

拉丹开跑起来，银铃般的笑声和乌溜溜的长发冲击着雷子的听觉和视觉。

雷子果然在海边租了个小房子，当然没有把拉丹卖掉。

雷子每天陪着拉丹看日出日落，直到炫从南宁追过来，炫是雷子的女朋友，也是雷子的上司，炫说："雷子，你再不回去，公司就要炒你鱿鱼了。"后来雷子就回去了，早上去，晚上回，在230公里的距离间穿梭，交通工具自然是那辆红色马6。

早上5点刚过，拉丹就来拉雷子："哥，睡不着，陪我看日出。"

雷子和拉丹坐在阳台上，拉丹的头靠在雷子肩膀上。

"哥，你想你的父母吗？"

"不想。"

"我也不想。"

"有个哥还不行吗？贪心鬼！"

"你有个妞就行了吗？"

"行了，我只要我的妞。"雷子心痛得厉害，眼泪在眼眶里转。

"炫子姐姐呢？"

"有妞就行了。"

"嗯，我也只要哥。"拉丹的鼻子红绉绉的。

太阳出来了，一点一点地爬上来，拉丹和雷子都不说话了。

晚上雷子从南宁回来，拉丹不在，雷子扯破嗓子也没把拉丹叫出来，雷子急了，跑到海边上找，一边找一边骂，拉丹，你这个臭妞，不听话，叫你不听话，叫你不要乱跑，你偏要跑……

"哥……我在这。"拉丹穿着一件纯白色的连衣裙出现在雷子身后，"哥，我参加飘柔之星的选拔赛了，我在这里练习呢。"

雷子突然怒吼起来："谁让你参加的？"

"我自己。"

"不行！"

"行。"

"说了不行！"

"说了行！"

雷子拗不过拉丹，拉丹就开始忙活了，学化妆、学走台步、学讲话、学唱歌，学得身子骨越来越瘦，脸色越来越苍白，头发也掉得越来越厉害。拉丹忍不住掐指数数"一、二、三、四、五……嗯！很快的，还有三个月就开始比赛了，挨过三个月就行了，一等奖是辆红色马6呢。"拉丹自己说着又"咯咯咯"地笑起来。

比赛前一个星期，拉丹执意要和雷子回趟南宁，拉丹说，想孤儿院了，想回去看看。雷子一听，鼻子就莫名其妙地酸起来，拉丹看着雷子的鼻子一耸一耸地，扯开嗓子扮起了鬼脸："哥，你是不是怕孤儿院的马六儿把我给抢了，抢了你以后就没有妞了，没有妞的哥怪可怜的。"

雷子长号一声"Oh！my god！"拉丹又笑，"咯咯咯"地笑。

雷子和拉丹是在孤儿院里长大的，没见过父母的他们早在孤儿院时就结拜为兄妹了，雷子找了工作就把拉丹带出来，雷子说，一辈子都呆在孤儿院，就一辈子都是孤儿了。他不想让拉丹一辈子都是孤儿。

从孤儿院出来那年，雷子18岁，拉丹16岁，一转眼就过了六年。

"飘柔之星选拔大赛"在北海银滩举行，雷子放下所有的工作来陪拉丹。

赛场上每个选手都做足了准备，各自的拉拉队都为他们的选手欢呼、鼓掌、吹哨子，好不激烈，唯有拉丹上台时，场下一片安静，有的人说拉丹太瘦了，有的人说拉丹走都走不稳，有个拿望远镜的居然扯着嗓子喊起来"嗨！那个19号的头发太少了，瞧啊！都秃顶了……"话没说完，雷子一拳扫过来，场下顿时一片混乱。

拉丹在台上哭成了泪人，一边哭一边叫："哥，那辆红色马6我恐怕不能帮你赢回来了，炫姐姐那辆你还给人家吧……"

雷子以为拉丹什么都不知道，其实拉丹什么都知道。

最后的假期

　　要不是童童闹着要来小区的池塘捞鱼，樊星是不会去养鱼的，像他这种一天不着家的人哪里有时间去养鱼，但是他现在确实养着几条灰黑色的小鲤鱼，他和童童把那些鱼捞回来的时候，他想起了消毒柜里那个被闲置很久的方形玻璃碗，碗是白淑丹送的，曾经是白淑丹用来制作玉枕蛋糕的模具，白淑丹离开一年，这个碗也闲置了一年，现在总算派上用场了，樊星多少有些欣慰。

　　樊星斜着身子坐在沙发上，他不断地按着电视遥控器，没哪个节目合意。

　　樊星觉得人真是一种奇怪的动物，忙的时候觉得什么都好看，不忙的时候又觉得什么都不好看了。樊星把摇控器往茶几上一放，刚站起来就被童童的玩具车绊了一脚，玩具车"吱呀"一声溜进了厨房里，樊星扫了一眼屋子，露出一个无奈的笑，童童那小家伙把樊星传授给他的"潜伏术"学得挺到位。

　　童童是樊星的小侄子，乘着攀星这个月休假，隔三差五地就往这里跑。樊星看到童童时就会想到白淑丹，他想要是白淑丹愿意跟他过下去的话，他们自己也该有个孩子了。可是白淑丹不像童童那样，童童喜欢樊星，甚至崇拜樊星，童童觉得樊星就是他心目中的黑猫警长，而白淑丹虽然也喜欢樊星，但白淑丹不崇拜樊星，白淑丹觉得攀星是个不能让她安心的危险人物。

　　樊星想，如果白淑丹和童童一样就好了，白淑丹就不会走了。

墙头上的挂钟已经指到凌晨 1 点，樊星却没有一点睡意，他不记得有多久没休过假了，如今一休假仿佛所有的神经都失去了紧迫感，变得松弛而又懒散，早晨睡到中午，中午又躺到下午，到了晚上他就睡不着了，睡不着的时候他会想起白淑丹，想起白淑丹的时候，他会有一股冲动，这股冲动又会迫使他去看一会碟，这种状态使樊星觉得自己真不像个警察，倒像个流氓地痞了。樊星看完碟后又后悔了，因为思念为此变得更加浓烈起来，他敲敲自己的脑门，骂道，真不是个东西！想人家又不敢给人家打电话，爱人家又不舍得丢掉那份不要命的工作。

　　樊星是便衣，本来是"反暴组"的，年前刚被调入"反扒组"，但是在白淑丹眼里，不管他调到哪个组，他终究还是个"便衣"，这是白淑丹无法忍受的。两个星期前，樊星一举歼灭了连续作案的"黑旋风"，同时自己也挨了两刀，一刀手臂上，一刀大腿上，住了一个多星期的院，白淑丹来看过三回，愁眉苦脸的，也不说话，总低着个头，偶尔抬起头的时候，樊星就想笑，白淑丹的眼睛本就不大，如今肿得只剩下两条缝了。看着白淑丹，樊星心里有说不出的舒坦，好像身上那两刀挨得值了。

　　那两刀确实是值了，工作五年来，从没有过的休假如今也得了，可是白淑丹才不会因为这仅仅一个月的休假而跑回来呢，去医院看了三回，白淑丹就没再出现过，白淑丹说过，如果樊星不换工作她是无论如何也不会回来的，就目前来说，她说到做到了。

　　樊星休息大半个月了，日日如此，懒散得快不像自己了，他决定明天往局里走一趟，换换精神。

　　第二天，樊星套了一身牛仔装，咧着嘴看了看自己的牙齿后就出门了。樊星觉得当便衣也挺好，起码不用整天穿着制服，自己想穿什么就穿什么，随了自己的个性，樊星的车还没有开到局里，局里就来了电话，是肖队长，肖队长叫樊星这几天最好少出门，上个月被樊星带头捣毁的"黑旋风"还有几个遗留分子潜逃了，估计会有报复行动。

这会儿樊星真不知道该不该继续再往前走了，他把车停在路边，点了支烟，他的脸在烟圈下一点点地抽动，然后一个巴掌往方向盘上打，樊星忽然恨起这个假期来了，为什么这个假期白淑丹一次都没来过？他把烟头往地上一摔，方向盘一转，车头就调了回去。

樊星到家的时候，感觉到了一丝人气，这是他凭着多年的工作习惯养成的，他忍不住喊了一声"淑丹……"没人应，他弯腰去解鞋带，头刚低下，就被一棍子打趴在地上，这一棍子不轻，后脑勺的血热滚滚地流下来，他刚要爬起来，又挨一棍，他几乎没有反抗的余力，他的手伸得好长好长，他试图想抓住前面的板凳向后面砸过去，可是不行，他的意识越来越模糊，这时，后头一棍子又打在了他脖子上，他坚强地抬起眼睛，那只方形玻璃碗就横在他面前，他仿佛看见里面的鱼不见了，里面放着一张白淑丹的脸。

旧书摊上的老万

天刚蒙亮，老万就吱呀着三轮车向菜市场出发了。

老万脖子上挂个油袋，袋里的油条味儿串门似的，从袋里钻出来，又氤氲着串进老万的鼻孔里，老万吸一口，憋了气，让味儿在鼻腔里颠簸，憋得黑脸变成了红脸，憋得太阳穴上青筋盘旋，不懂的人，瞧一眼，叹一声，估摸着，有些忍不住喊一声，大爷，这书太沉，拉不住，就分两趟吧。

老万一咧嘴，笑，也不吱声，故意喘着粗气，呼哧呼哧去了，老万其实也不算老，五十上下，只是一头银发，让人总以为他六十有余。

菜市不大，两个门，正门进去，有片空地，空地上滋长了一批生意人，修鞋的，挑裤腿的，当然，还有老万的旧书摊。

老万把三轮车往边上一搁，塑料布扑啦扑啦地往空中舞，半会，布就顺着老万的手缓缓地沉，沉在地上，像一张疲倦的脸，起了皱，结了疙瘩，老万往布上一跪，伸手去抚，那认真劲儿，让补鞋的阿花盯上了，阿花一个大嗓门儿，哟，老万，你给老婆铺床单呀。惹来其它几个补鞋摊上的女人哈哈笑，老万一直腰，嘿嘿两声道，只怕这床单不够咱喘气哩。

女人们哇一声，一副副瞠目结舌的样子。

老万的书刚摆出来，就有几个农民工围上来，几只手在书上胡乱翻一阵，又放下，老万赶紧拿出板凳招呼，坐着、坐着，别站累了。农民工瞅一眼老万，又瞅一眼板凳，就坐下了。

老万的旧书常常因为他提供的板凳而卖不出去，大多数人坐在书摊旁，看够了，不买，拍拍屁股走了，老万也不埋怨，在人家屁股后面还添一句，欢迎下次再来啊。

阿花说老万是白痴。老万却说，我是白痴的话，你还会来撩我。阿花呸一声，我撩你？我是瞎了眼，我是吃饱撑了没事干。老万又说，你饱不饱我不知道，反正我看着你也挺饱的。女人们又一阵哄堂大笑。

老万看书的时候很深沉，戴副眼镜靠在三轮车旁，支着条腿，摇啊摇地，仿佛摇进书里睡着了，醒来，打个哈欠，又自言自语道，书中自有黄金屋，书中自有颜如玉。

那天，老万的颜如玉还没从书里走出来，却来了另一个女人，女人穿着紫红色的连衣裙，腰间一条黑色丝带绾成个蝴蝶结，一头油亮的黑发垂在肩上，金边眼镜在白皙的皮肤上闪闪发光。

女人拨一下肩上的头发，又看一眼不远处的老万，老万低着头在看书，女人咳一声，老万没抬头，女人又咳一声，老万眼皮子一撑，脖子僵在那里问，小姐，你要买书吗？

女人的手向地面指去，女人说，那本书多少钱？

老万说，哪本？

那本《消失的岁月》。

老万放下手里的书，站起来，拿起那本《消失的岁月》，哗啦啦地翻一阵，说，不贵，5块。

女人皱一下鼻子，红唇隐隐颤动，女人说，5块？

老万说，是呀，不错的一本书。

女人又说，不错的书怎么才卖5块钱？

老万上下看一眼女人，呵呵两声，老万说，你觉得便宜的话可以多给点，10块吧，成不？

女人不说话了，老万把书递过去，老万说，喜欢就买去呗。

女人没接书，女人说，你看过这书？

老万说，看过，描写很细致，值得一看。

女人脸上掠过一丝笑，笑之后，女人就走了，女人没买下书，她的背影像一阵风，带走了老万的眼睛。

阿花把事情看了个遍，女人一走，阿花的大嗓门又扯开了，哟，老万的第二春来了。

老万把眼睛转回来，朝阿花笑，继而又摇头晃脑地哼起了歌，妹妹你坐船头呀……

那天之后，女人每天都会出现在老万的书摊前，扫一眼就走了，老万有几次想喊住她，老万想，那本书也不值什么钱，如果女人实在喜欢，老万可以送给她，可是话刚挤到喉咙，又吞了回去，老万想，这算个什么事？不过是个女人。

老万又心安理得地卖他的书，闲了仍和阿花们调侃一阵。

女人还是不断地来，不断地走，阿花看着不对劲，一个巴掌拍在老万身上，阿花压着嗓门说，嘿，那女人是不是看上你了，来得一次比一次早。

这回轮到老万朝阿花呸一声。

阿花又说，有些女人是这样的，日子过得舒坦了，就想找些新鲜的事做。

老万把阿花推了个趔趄，说道，你就胡扯吧。说完，心底却泛起一阵涟漪，漾得老万像撒了蜜一样甜，忽而又像被苍蝇趴了来，变得痒痒的，想赶又赶不开，想洗又舍不得。

女人最后一次出现在老万书摊时，驻足了很久，老万远远地看着她，直到女人朝老万"哎"一声，老万才走过去。

女人说，那本《消失的岁月》卖出后给我个电话。

老万一脸疑惑，女人把写了电话的纸条递给老万，接着说，那本书是我写的，我想知道我的书在这里能卖个多少价。

老万的嘴顿时张成"O"字形，半天"哦"不出来。

以后女人没再出现过，而那本《消失的岁月》也不见了，它安静地躺在了老万的枕头下。

老万时常会想起女人，想起女人的时候，老万就想给女人打电话，告诉她那本书卖掉了，卖了 15 块钱。可是老万迟迟未打，老万一直守在旧书摊上，老万想，没有接到电话的女人一定还会回到他的旧书摊上。

油漆未干

　　他又要出工了，这回出工他想戴上那顶红色的鸭舌帽，帽子上的红色是他用油漆涂上的，他甚至想把那套灰蒙蒙工作服也涂上红色，然后穿上那样的衣服出工，如果可以的话，他还想在衣服上涂上几个"油漆未干"。

　　想是那么想，但是他不敢，穿了那样的衣服，他或许会被下岗，因为老板说过，上班一定要穿工作服。后来他就放弃了，他想戴顶帽子总是可以的，他就把帽子揶进了裤袋里。

　　今天出工的任务是民族路一带的休闲椅，工作前他给自己戴上了那顶红色的鸭舌帽，帽子涂得很好，颜色均匀，光泽明亮，还镶了黑边，帽檐上了还涂了"油漆未干"几个大字，路人的眼睛总在他的帽子上停留，然后笑。

　　他很满意，满意那样的目光和笑容。

　　他开始工作，第一道先上底漆，然后上正色，最后上光，每道程序他都做得很细致，做完之后，他就在上面贴一张"油漆未干"。

　　他是学画的，但是他的画不够专业，很多人都看不懂，看不懂之后，很多人就觉得他的画是一堆垃圾，垃圾是怎么处理的？垃圾自然要扔进垃圾桶里。他的画被扔进垃圾桶的那一刻，他就想改行了，做个油漆工，做油漆工的好处就是，油出来的作品不但不会被扔进垃圾堆里，还会被一张"油漆未干"所保护。所有的人都因为"油漆未干"而对他的作品行注目礼，他的作品为此没有受到谁的冷落，他甚至觉得他不仅是画家，还是城市的美容师。

他的艺术细胞在体内不断翻腾，他情不自禁地给休闲椅涂上了很多颜色，红的、黄的、绿的、黑的，他想涂完之后，大不了再翻一次工，这样也不至于会被下岗。于是，一张很艺术的休闲椅就在他手下诞生了，这回，他没有在上面贴上"油漆未干"，他躲进了昏暗角落里看，他觉得他的作品还有被延伸的余地。

很多人来来往往地穿过，他们的眼睛都被椅子的色彩所吸引，但是没有人愿意坐上去，他们好像都有急事，走得匆匆，最后坐上去的是一对穿着牛仔裤的情侣，坐下之后，他们发现不对劲，女人尖叫了一声，男人甩出一句话："我操，谁干的缺德事？"

他在角落里笑，他的作品确实得到了延伸，并且引来了很多目光。有人笑着说："嗨！挺有个性的，不错呀。"男人很无奈地牵了女人的手走了，他们穿过民族路，停留在红绿灯下，一群放学的学生躲在他们背后笑，路边卖唱的小姐妹也停止了歌声，汽车上的、单车上的，凡是能看到他作品的人，都忍不住发出一种惊叹，他彻底地满足了，他只可惜了不能在他们的裤子上贴上一张"油漆未干"。

他从角落里出来，看到一个衣衫不整的女乞丐，女乞丐缩在榕树下，破烂的衣服遮挡不住她的屁股，他看到之后，另一个大胆创意又从他的脑海里窜了出来，窜出来之后，他就走到女乞丐面前，女乞丐的眼神有些慌张。

他说："别怕，我是来帮你的。"

女乞丐不说话，头埋在膝盖上。

他又说："我给你画件衣服，一件漂亮的衣服，画了这件衣服之后，你就不用躲在这里了，你可以像孔雀一样走在马路上。"

女乞丐的头抬了起来，呵呵地傻笑，笑完后她说："饿……"

他屁颠屁颠地跑到不远处的商店买了袋面包，递给她，她接过，扯开袋子就往嘴里塞，他说："走吧，我给你画件衣服，我是画家。"

她还是在一个劲地傻笑，然后跟了他去。

　　他把女乞丐领到一个隐蔽的桥墩下，他把她身上的破衣服扯掉后就开始画，画白色的领子，画黄色的上衣，上衣上又画了花，花是五颜六色的，特别是乳房上的花，最是灿烂，下面又画了深蓝色的裤子，裤子同样被许多花簇拥着，他还特意把裤子上的花画得变了形，画得别具异彩。

　　他忍不住叹道："呵！这就是艺术。"最后，他又在女人的背后涂了几个大字，黑底白边的"油漆未干"。涂完之后，他说："你现在完全是一件艺术品了，以后没有人会来伤害你。"

　　女乞丐融入城市的车流里，不可置否地吸引了所有的眼球，他们用相机、手机、DV 把他的作品拍下来，然后流传在网上，他很得意，他觉得他彻底成功了，他的作品，他的《油漆未干》引起了轰动。他被大家所发现，所关注，当然在被关注的同时，他也被下岗了，因为所有人都说他是个变态狂，只有女乞丐说他是个画家。

当奥迪撞上了奥拓

当奥迪撞上了奥拓之后，故事就开始了。

那是一条小路，车少人也少，恰是那样的一条路让开奥拓的男人开起了快车，让开奥迪的女人分了神，女人要左转，忘了打灯，奥拓就被奥迪撞上了，奥拓的车头被撞得变了形，车头盖板被掀成个大喇叭。

首先跳下车的是男人，男人光着膀子，瘦条、黑脸，男人向开奥迪的女人喊起来："喂，你怎么开车的？"

女人从车里钻出来，一条玫瑰红的连衣裙把男人的眼睛染红了，女人把脸上的墨镜往头上一插，走到奥迪和奥拓中间："哟，撞得不轻呢。"

女人朝男人看了一眼，苦笑一下："真的很抱歉，我忘了打灯。"

男人的表情缓和了许多，走到人行道上抽起了烟。

女人开始打电话，先给交通部门打，再给保险公司打，打完之后，她走回自己的车里摸出一包烟来，然后也走向人行道，女人也抽起了烟。

男人看了一眼女人，忍不住说了一句："女人抽烟老得快。"

女人也看了一眼男人，回他："你觉得我老了吗？"

男人的眼睛收了回来："不老。"男人心里想，女人虽然不老，但也不年轻了，脸上可以看到风霜的痕迹了。

两人都不说话了，两人都在抽烟。

男人一边抽一边看着他的奥拓，男人有些心痛，奥拓跟了他五年，从没出过事，还帮他拉货赚外快，在没有奥拓之前，男人用青春换回一把血汗钱，然后又用这把钱换回了奥拓，奥拓买回来之后，有个叫小乔的女人就跟了他，小乔跟了他一段时间，嫌他的奥拓不好看，夏天坐在里面像蒸笼一样，后来小乔就跑了，小乔跑了之后，男人就没再找过女人，男人想养一辆奥拓比养一个女人要容易，男人就把奥拓当老婆一样养了起来。

女人也一边抽一边看着她的奥迪，女人的心一点儿也不痛，奥迪跟了她一年半，也没出过事，还给她脸上贴了不少回头率，在没有奥迪之前，女人把青春献给了一个叫乔刚的男人，乔刚有妻有儿有钱，女人就心甘情愿地做起了小三，起初女人在乔刚的奥迪里笑，然后哭，哭了之后还要死心踏地地恋着他的奥迪，乔刚最后实在受不了了，就买了一辆奥迪给她，条件是从此她不能再来找他。女人有了奥迪也满足了，她想，那个男人不要也罢。女人就把奥迪当成男人一样来用，男人可以带她游山玩水，奥迪也可以带她游山玩水，有时想起男人的狠心，她还会忍不住往奥迪身上拍几下。

男人看了自己的奥拓后又把视线转向女人的奥迪，男人想女人的奥迪质量真好，撞得那么狠，损伤度几乎为零，男人又想还好是开奥迪的，如果是开奥拓的撞了他，说不准还要为这赔偿的事分歧一番。

女人看了自己的奥迪后也把视线转向了男人的奥拓，女人想男人的奥拓太经不起撞了，撞得那么轻就烂成这样，女人又想还好是开奥拓的，如果是撞了开奥迪的，这赔偿就大了。

男人和女人都想完之后，互相看了一眼，男人说你这车质量真好。女人笑了一下，女人说你这车是用来干什么的？男人说是用来拉货的，给工程队拉一些零星的材料。女人"哦"了一声。男人又说这车是我的生计来源，没有它不行。女人吐了一口烟圈，点了点头。

事情很快就解决了，该赔的都赔了，该修的也修了，男人看到女人的奥迪扬长而去，她的车牌号桂 AA8888 永远烙进了男人的脑海里。

很多年过去了，男人发了财，当上了包工头，他把他的奥拓以 4000 块的价钱卖给了二手车市场，然后买回一辆奥迪，并且给奥迪要了一个很好的号：桂 AAA888，男人偶尔会想起女人的奥迪来，他想女人的奥迪应该不新了吧。

城市在不断地发展，很多人都买了车，很多楼房都拔地而起，男人身边的女人换了一个又一个，男人开着他的奥迪在城市里飞行，直到某日的一个下午，他看到了当年的奥迪，那辆奥迪的玻璃板上贴了一张"出租"的牌子，男人愣了一下，带着好奇心拨通了出租字下面的电话号码，一个女人的声音传过来。

你好。

你好，你的车出租吗？

是的，你要租吗，150 一天。

嗯，租。

女人来了，开着一辆奥拓，如果男人没看错的话，那辆奥拓正是当年他用过的那辆，女人风尘仆仆地向他走来，女人问是你要租车吗？男人说不是。女人就拨了一遍男人的电话，电话关机了，女人哼了一声骂道："不得好死的，耍我。"

女人走远了，男人看着他当年的奥拓，忍不住说了一句："女人真的老了。"

而女人呢，她没有认出男人来，男人现在正是一枝花。

摇控人生

　　我没有想到我被人摇控了。

　　那辆做得如同"taxi"一样的小车就停在我的小区门口，当我急冲冲地走进去时，车子倏地一下就开了，我抬起头要和司机说点什么，突而被眼前的情景惊住了，车子里除了我，没有任何人，司机的驾座上是空的，而车子却风一样地跑了起来。

　　我看了看时速盘，车子的速度高达80公里/小时，我顿时冒出一层冷汗，车子疾速前进着，周围的车不断地被抛在后面，当它穿过车流密集的城市，进入一片清新的郊外时，车子里的喇叭发出了声音：亲爱的杨女士，欢迎乘坐无人驾驶的摇控车，本车性能良好，通过远距离遥控可以到达你不想去的地方。

　　车子继续前行，我不知道这辆车子到底要带我去什么地方，我像进入了一个被摇控的空间，任车子摆布，不！或许说被那个拿着摇控器的人摆布，我尖叫起来，不断地朝窗外喊救命。我想起了包里的手机，我掏出手机要给丈夫打电话，手机却处在无法接收的状态。这时，遥控车再次讲话：为了不影响遥控人员的工作，车内禁止打电话，禁止大声喧哗。

　　我试图跳车，不行！玻璃窗、车门全处在被摇控的状态下，我惊慌失措地哭起来，眼泪嘀嘀哒哒地落在皮包上，摇控车这回说，杨女士，你不是一直觉得摇控他人的人生是件很痛快的事吗？那么你也尝试一下被摇控的人生吧。

我不禁打了个冷战，忽而又镇静下来，我想对方一定是个非常了解我的人，否则他不会知道我姓杨，还那么肯定地认为我是一个喜欢摇控他人的人。

　　我细心研究了一下对方的声音，声音很陌生，完全不像是我认识的人。

　　我想起了丁凡，这个刚入职不久的小伙子对我总是毕恭毕敬的，我让他往东，他绝不往西，就比如前几天，为了布置一个会议场景，我让他奔波了一个星期，一篮花、一张椅子，我都能挑出不少刺，更别说其它方面的工作了。丁凡倒也听话，尽管我一再否定他的想法，他也还是兢兢业业地完成了我的任务。

　　丁凡看来确实是我手中的一粒棋，而这粒棋如今开始反抗了。我鼓起勇气，战战兢兢地说，你是丁凡吗？如果平时在工作上我有做得不到位的地方，还请你海量，我平时太强势了，应该考虑一下你的想法。

　　摇控车发生哧哧地响声，而后说，很抱歉，杨女士，我不是丁凡，你绝对听不出我是谁，我的声音已经通过声音过滤器过处理过了。

　　我愣住了，不是丁凡，还会是谁？我把脑海里的人又翻了一遍，我想起了韩风，韩风是我的前夫，他和我离婚也完成是因为我的强势，离婚后，他一直说我喜欢摇控他，比如应酬不能超过晚上十点，喝酒不能超过三两，最要命的一次是，为了一件衣服上的红唇印，我居然跑到他办公室当着他众多同事的面谴责他。

　　想到这，我便迫不及待地说，是韩风吗？我知道你一直还恨我，可咱们必竟夫妻一场……话没说完，对方便发出哈哈的笑声，继而又否定了我的猜想。

　　这一下，我就更蒙了，竟也不是韩风！

　　我把时间再次伸长，我想到了小学同学贺小生，当年，我这个班长没少命令他，我一直把他视为班上的拖后腿大王，在学习上不断地给他压力。就在上个月的同学聚会中，他还咬牙切齿地说我摇控了他的童年，有机会定要报复我一下。

这一想，我便坚定地说，你是贺小生吧！要报复我，也不能使这样的损招啊，太缺德了！对方这会儿没声音了，车子倏地停了下来，我惊喜万分，抬眼望向窗外，一片青山绿水，鸟雀成群，好不惬意！顿时，紧张的神经松弛了下来，我不禁呵呵地笑出声来，我说，贺小生，这是哪？

对方讲话了，他说，这是你一直拒绝来的地方，你整天就会两点一线地跑，把生活弄得紧张兮兮的，还把我的人生给遥控住了，你不喜欢我看小说，不喜欢我做白日梦，不喜欢我去游泳，你把自己的想法全用来摇控别人了，你现在该在这样美好的环境下松一松紧绷的神经了……

我这一听，越来越糊涂了，我挠挠耳根，心想，难道对方不是贺小生？正琢磨着，对方又嚷起来，还不快去泡个天然澡，妈！

我的天，他居然是我的儿子刘屁屁。

回　归

　　半颗烟说，除掉身上的衣服，只能带一件身外之物，你得想好了，被困在森林里，或饿死，或被野狼吃掉，都是很正常的事儿。

　　我把骆阳的相片放进怀里，然后坚定地点点头。

　　半颗烟咧着嘴笑，烟气从他嘴里缓缓地飘出来，氤氲地在他脸上悬浮着，把他那张棱角分明的脸若隐若现地呈现出来。

　　他把嘴里的烟完全地呼出来后，忽而一拍大腿道，走！

　　半颗烟海拔 1 米 85，尤如一棵挺拔的白杨，此时，这棵白杨正俯视着我这个歪瓜劣枣，待我又把头沉下去后，他执拗地把我从山崖上拖起来，唤道，呆瓜，还不走！

　　半颗烟像提一只猫一样把我提上了他的丰田越野车。

　　汽车一路飞驰着，把四周的山山水水树树丛丛都甩在了后面，半颗烟似乎永远叼着半支烟，连开车时也不放过，偶尔他会随着音乐哼上一段，有时还会看看我，然后又露出一丝诡异的笑。

　　一片树叶从窗口飘进来，半颗烟看看我，说，我们这是回归，就像这片树叶，很多人以为他的生命结束了，其实不是，它又回归至原来的状态了。人生也如此，我们常常在不断地回归中又不断地崛起。他顿了一下，接着说，我们可以没有电灯、没有手机、没有钞票、没有情人……说到这，他看我一眼，原则上来说，我们都穿了衣服，我们回归得并不彻底，特别是你，还在衣服里藏了一个男人的相片。

我没有理会半颗烟的话，我的脑海里又浮现出骆阳的笑容，如果骆阳还在的话，我是不会和什么半颗烟去回归的，我更不会跑到山崖上，寻求死亡的刺激，然后也不会遇到他，这个有些莫明其妙的半颗烟，他像怪物一样看了我一个上午，然后又像怪物一样把我提上他的车。

　　汽车开至森林时停了下来，半颗烟跳下车，给我打开车门，还在我犹豫不决的时候，他再次把我提起来，噔噔噔地往森林里走去了。

　　我从半颗烟手里挣扎下来，很主动地尾随他而去，我想，我们真的是去回归，因为我看到半颗烟走向森林的那一刻嘴里仍然只叼着半支烟，他没有带任何食物，连一瓶水也没有，我甚至觉得，半颗烟或许和我一样，他也有想死的念头吧，他用回归这样的词语来代替死亡，貌似很得体，很抒情，很人文。

　　一路上半颗烟没有再说话，他的步伐很稳当，他似乎来过这片森林，他没有为应该走哪个方向而停留一下脚步，他只是偶尔会回过头看看我，然后又不断地催促，快，跟上……而我的步伐却是越来越沉重，我摔过几个跟头，手脚被树枝石头之类的东西划得伤痕累累，以至于我一屁股坐下来的时候，对半颗烟莫明地产生了一股怨恨，我朝他的背影喊，你想让我死，就找个让我死得痛快的方法，别在这里和我说什么回归。

　　半颗烟停下脚步，他抬头看看头顶上的天空，几片云正悠然地飘浮着，他折回脚步，走至我身旁时也坐了下来，他说，我们估计走了五个钟头了，眼看天马上要黑下来了，你不是想死吗，死亡离我们越来越近了，到了晚上，说不准我们会被一群野狼给叼走，不！也可能黑熊，你听过一头黑熊把人的眼珠挖出来玩的故事吗……

　　我"嗖"地站起来，一股从未有过的求生愿望使我往前冲去，半颗烟追上来，一边追还一边念叨着，这个地球被污染得太严重了，要把地球回归至原来的状态，那是不可能的了，我们只能一点一点地帮助它，就像这片森林，我希望这片森林可以给地球一点生气，把人类对它造成的伤害减少一点，哪怕一点也成，我们要回归，地球也需要。

你在听我说吗，这会儿说说话，对我们有好处，起码说明我们还活着。

我不知道我们走了多长时间，更不知道走了多少路程，当我一头栽倒在树跟下时，我仿佛看到头顶上的月亮正忧郁地看着我，它被一阵又一阵的浮云掠夺，那面目如同我的心情，复杂而忧郁，我的肚子很饿，饿得几乎要死去。我感觉到半颗烟过来扶我，不！严格上来说，他仍然像提一只猫一样把我提起来，然后又把我放在他的背上，他一路颠簸着，我听见他在说，这是那也森林，我最熟悉的一片森林……

醒来的时候，我已经躺在病床上了，我看到床头柜上搁着半支烟，护士过来要清理的时候，我问道，半颗烟呢？护士露出疑惑的表情，我指指那半支烟，护士眉毛舒展道，你是说韦那也先生啊，他走了。

韦那也？护士点点头，他是那也森林的创始人。

我一愣，再摸摸怀里的骆阳，心里忽而变得一片沉静，我想我已经回归了吧。

耿燕玲的功课

耿燕玲就像个傻大姐，五大三粗的身段，黑乎乎的脸，说起话来缺斤少两似的，不是少了主语，就是少了谓语，加之一张嘴总是唾沫四溅，惹得同学们很不喜欢她。除此之外，耿燕玲的身上还有一股浓重的狐臭味，凡是和她同桌的同学，常会因这股味儿向老师申请调换座位，于此，耿燕玲的同桌总是没有固定的，这个星期是张三，下个星期是李四，乃至全班同学轮了一遍后，又要从头再来。

不管同学们对耿燕玲表现出怎样的态度，耿燕玲却总是乐呵呵的，回到家她就会把学校里发生的事情告诉母亲斤晓红，这些事经她一说，往往就被转了个弯，就比如换同桌的事，她会说，妈，今天我又换了同桌，同学们都喜欢我，他们都抢着要和我当同桌呢。

斤晓红长年因病卧床不起，整个家庭仅靠父亲在外打零工支撑起来，耿燕玲为此也很懂事，平时把功课完成后，就会想法子逗母亲开心，这已成了几年来她的一份课外功课，只要母亲能开心，她觉得做什么都值。

对于耿燕玲，斤晓红当然也希望她能开心，每每听完她在学校里的情况，斤晓红总会说，阿玲，同学喜欢你就好，改天你拿点红薯干去给大家吃。

红薯干是斤晓红让老乡进城时顺道拿来的，乡下人自制的纯天然食品，绝对不含任何添加剂，只是这红薯干不好看，蔫巴巴的，颜色也不鲜亮，呈现出暗褐色，有时还夹着各种斑点，看上去实在不能给人提起食欲，然而一旦放进嘴里却是好吃得很，软而带劲，淡淡的甜味会慢慢地溢出来。

耿燕玲第一次带红薯干去学校，正好赶上长颈鹿当她的同桌，这长颈鹿的脖子超长，被同学们美其名早曰长颈鹿。但耿燕玲不愿这样叫他，耿燕玲喜欢直呼他的名字——崔小军。

那天下课时间，耿燕玲把红薯干递给长颈鹿时，他正趴在桌子上呼呼睡觉，耿燕玲叫了"崔小军"三遍，长颈鹿才回过神来，他听惯了大家叫他长颈鹿，反倒把自己的名字忽略了，待他清醒过来，还以为是老师叫他回答问题，他一个哗啦站起来，把板凳摔了个四脚朝天，惹来周围一阵笑声。

崔小军本来就不喜欢耿燕玲，被耿燕玲这一叫，心里就毛了，脸刷地一下由红变黑，他把耿燕玲递过来的红薯干甩在地上，两个大脚往上面跺了几下，然后一个哐当踢进垃圾桶里，还怒冲冲地对耿燕玲说，崔小军是你叫的吗？崔小军只有我老婆能叫！

这事后，耿燕玲果然不再叫他崔小军了，和同学们一起直呼他长颈鹿。

尽管大伙儿从来就不愿吃耿燕玲的红薯干，但只要换了同桌，耿燕玲仍然会把红薯干带过来送给新同桌，这几乎也成了她几年来的另一份必备功课。

很多年过去了，大伙儿都各奔前程了，同学聚会时，偶尔也提起过耿燕玲，据班长说，耿燕玲搬回乡下住了，她初中毕业后不久，她的父亲在一次交通事故中丧生，为了撑起家庭的重担，她把城里的出租房退掉，后又辍学去深圳打工。大伙听着心里不觉泛起一股滋味，楚楚的。

这天，长颈鹿突然兴奋地给初中同学一一打电话，说晚上在竹篱笆的五谷风味店聚会。大家如约而至，聚会的第一道菜便是红薯干，大伙儿看着那盘红薯干倍感熟悉，再定心一想，那不正是耿燕玲当年的必备功课吗？长颈鹿这时便朝包厢外喊，耿燕玲……大伙看去，只见耿燕玲推着母亲进来了，仍然一副傻大姐的模样，她呵呵笑着，不住地把头往红薯干的方向点，吃吧，吃吧，乡下做的，刚上来，就被崔小军，不！不！长颈鹿撞了，吃，吃……

大伙一看，不觉都笑了，耿燕玲还是耿燕玲啊，说话还是那样儿，缺斤少两的。耿燕玲见大伙儿不动筷子，就把红薯干逐个分进大家的碗里，又催促着大伙吃，催着催着，就又朝母亲说，妈，我没骗你吧，同学们特喜欢我，她们都是我的同桌呢。大伙儿忽而安静下来，他们慢慢地嚼着那软而有劲的红薯干，只觉一股淡淡的甜味溢出来，浸至心坎里。

第一次接受耿燕玲的功课，大伙儿觉得迟了、太迟了。

抽耳光

长白村前横着一条青水河,河岸上立着一棵老榆树,榆树下一个被遗弃的女婴在哇哇大哭,一群人围着议论,砍柴回来的老九从人堆里钻进去,抱起女婴就往包红妹家走,后头一个声音响起来,老九呀,你可别把人家的娃子养成个小哑巴了哟。紧接着一片笑声压上来。

老九把肩头上的柴扔在包红妹面前,用手在柴、女婴和包红妹之间比划一阵后,包红妹就接过老九手里的女婴,撩起衣服喂奶,半响,哭声止了,老九嘿嘿地笑,接回女婴往自个家走,包红妹拾起地上的柴喜滋滋地嚷道,他爸,明儿你不用上山砍柴了。

老九让村长给女婴起名,村长说女婴额头上有块梅花胎记,就叫梅花吧。

老九从来没有唤过梅花,他唤梅花只能"吧嗒吧嗒"地唤,村里人也没有几个人知道女婴叫梅花,大家唤梅花也都跟着老九"吧嗒吧嗒"地唤。

梅花长到五岁还不会说话,老九急了,把梅花往医院抱,医生说,孩子的语言能力是由大人培养出来的,而你是个哑巴,自然没有这个能力。老九一听,就给自己抽耳光,抽得一个比一个响,他恨自己不该把梅花抱回来,如今真把梅花养成了小哑巴。

老九从市场上买回个收音机,每天放给梅花听,听了大半年也不见梅花哼出个字来,老九就用手去撬梅花的嘴巴,一边撬一边

"哇哇"乱叫。没辙，老九就背起梅花往学校跑，让梅花在教室窗口旁听老师给学生念书，听多了，梅花的嘴巴开始动，起初是"吧嗒吧嗒"地动，后来就"喔啦喔啦"地动，老九看着心里乐，他想梅花终究是会讲话的。

　　老九的高兴过早了，梅花长到十八岁时，除了会"吧嗒吧嗒"和"喔啦喔啦"之外，仍然哼不出其它字来，后来老九就天天给自己抽耳光，直到梅花看不下去，有天突然唤出三个字来，爸，不打。后来老九给自己的耳光反而更勤了，打得自己那张黑脸越来越瘦，颧骨越来越高，为的就是让梅花说出四个字，爸，不打，痛。但梅花把白脸憋成了紫脸也说不出个"痛"字来。

　　几天的暴雨让青河水涨得老高，梅花到河岸上洗衣服，一不留神，老九的裤叉让河水给飘远了，梅花沿着岸边的石头踩过去，一伸手，脚一滑，就扑了空，落水的梅花在水里"哇啦哇啦"乱叫，眼看着只剩下一缕头发飘在水面上了，幸好被赶圩回来的铁山看着，铁山一个"扑通"跳进水里，把昏迷的梅花抱了上来。铁山使劲摇梅花，梅花不醒，对着耳朵喊，还不醒，铁山就用了"人工呼吸"。铁山的唇一碰到梅花的唇，心里一热，燥起来，铁山安慰自己，这是救人，没办法。梅花睁开眼的时候，把铁山吓了个哆嗦，铁山忙解释，这叫"人工呼吸"。梅花脸一红"吧嗒"一声，就扯住铁山的衣服往自个家走。

　　梅花在老九面前笔画一阵又哇啦一阵后，老九就拉起铁山喝起了酒。

　　铁山住在河对岸的庐阳村。落水事件之后，铁山时三隔五地往梅花家跑，两人的感情日渐浓烈起来。

　　包红妹的大儿子富贵比梅花大三岁，有天他对老九说，梅花的哑巴病只有男人能治。老九睁着双圆眼"吧嗒"了一声，富贵把嘴凑到老九耳边嘀咕了几句，老九一怒就给富贵耳光，抽得"啪啪"地响，梅花看着乐，想到平日富贵对她动手动脚，就直喊，爸，打，爸，打。

老九坐在床头上抽旱烟，眉头锁成了结，他在琢磨富贵的话，他想梅花十八了，也该享受男女之间的事了，如果男人真能让梅花的哑巴病治好，值！比什么都值！后来老九就想到了铁山。

老九是在一个风高月朗的夜里把铁山推进梅花的房间里的，推进去之后，老九站在门槛上先指指铁山，然后又指指梅花，最后摆出两只手指，让两只手指缠在一起。铁山一看就明了，头一低脸一红，不作声，梅花也羞得把脸埋在了胸前。

铁山爹死得早，铁山娘几年前得了中风，成日歪着个嘴说不出话来。铁山拉着梅花去见他娘，铁山娘看到梅花后，脸顿时变得煞白。铁山说，娘，我和梅花把事定了，现在过来给你叩个头。说着就拉梅花往地上跪，铁山娘的头摇得比拨浪鼓还猛，歪嘴流出一长串口水。梅花上前要给她擦，她一推把梅花推在地上，指着门口让梅花滚，梅花挨不过，抹一把眼泪跑回了家。

梅花的哑巴病仍然没治好，肚子却日渐鼓起来，梅花怀上了铁山的种，梅花上铁山家找铁山，铁山不在，让他娘赶进城里打工了。

梅花执意要把铁山的孩子生下来，谁知孩子大后，不但是个哑巴还是个傻子。老九抱着孩子去问铁山娘，铁山娘一个耳光把自己打得眼泪刷刷。抽累了，铁山娘喘着粗气憋出一句话来，梅花是俺亲闺女啊。

老九一听，眼一花，忙给自己抽耳光，往死里抽！

七　月

那年的七月刚开始，我像平时一样早上 6：30 出门，晚上 11：30 回家，去干什么？去文化广场给人看车，看单车，看摩托车，还顺便看来来往往的人和那些在广场上跳舞的老头老太们。

这样的日子过久了，有人就给我总结了我的人生，他们说我的人生是灰色的。

后来，我的大儿子大营就告诉我，他的黑色七月来了。

大营的七月确实够黑的，早上 5：30 起床，晚上 12 点上床，中午睡不睡觉我就不知道了，我问他，他说睡一会，这一会有多长，他也答不上来，总之我看他的时候，他已经是很黑了，黑眼圈，黑皮肤，黑皮肤上还冒出了一片黑痘痘。

我忍不住说他，我说条条大路通罗马，不一定只有读大学才可以通往罗马的。

大营却说，反正给人看车的路就行不通，那得花一辈子的时间，说不准一辈子还到不了罗马。

大营说话越来越有水平了，我说不过他，当然了，我一个小学都没毕业的人哪里说得过一个即将上大学的人呢，后来我就决定在那年的七月，要改变点什么。

早晨，我破例给儿子做了早餐，我叫他们吃早餐的时候，我看到大营的眼睛发出一种异样的光芒，而我的小儿子小营直截了当地问我，爸，你今天不去看车了？

我说，看，但这个七月我出门晚点，回来早点，我回来给你们弄饭吃。

小营一把抱住我的屁股欢呼了一阵，大营则一屁股坐在饭桌前，捧着我煮的面吃得"稀里哗啦"的响。

我对所有来放车的人说，今天就看到 5：30。

5：30 之后，我就骑着我那辆破单车往家的方向赶。

大营和小营把糖醋排骨、烧鸭、烙饼一扫而光，给他们买的冰淇淋更不用说了。小营舔着舌头还想吃，大营躺在床上吃撑了爬不起来，一边摸着滚圆的肚皮一边说起了他们学校的事，他说，爸，我们班的鲁深前个星期被警察扣了。我说哪个鲁深？大营说，上次来问我借作业抄那个呀。

我脑袋晃过一个左耳戴金耳环的小子。我"哦"了一声。大营又说，那小子现在和黑道上的人混一起了，听说专门去偷车，昨天刚被放出来。我说，这会儿还弄这种事，他不打算高考了。大营说，咳，他那号人呀，从来就没想过读书，这书是被大人逼着读的。

对于读书的问题，我对大营说过，我说，只要你能读，你愿读，我就一定想办法供你，如果你不愿读，愿读了又读不好，那我也不勉强你读。

当时大营是点着头应我的话的，他说我知道，我知道。

大营的成绩在班上还可以，中上水平，按那样的成绩考个二流大学是可以的，这是开家长会时老师对我说的话，老师说的时候，还不住地提醒我，让我多给他鼓励，不要让他在心理上承担太大的压力，当时我也是点着头应老师的话的，我说，我知道，我知道。

第二天我又去看车，不看不行，大营还要上大学，上大学还得花钱。

我到文化广场的时候，一个剪着刺猬头的男人就等在那里了，他说，你把我的单车弄丢了，你得赔。我说我怎么会把你的单车弄丢呢？他说昨天你提前走了，可是你没有提醒我。我说我怎么没提醒你呢，每个放车的人我都提醒了一遍。他说，你没说过，就算你说过了，你有证据证明你说过吗？

我确实没有证据，没有证据的我最后告诉他，我说，那你留个电话给我吧，我帮你找，找到了我给你电话。那个男人将信将疑地把电话号码递给我的同时，也把他的单车照片递给了我，那是一辆红色赛车，是当时很流行的一种款式，在我印象里我确实看过这部车，可是我当时很想对那个刺猬头说，你有什么证据证明这车昨天是停在我这里的？这话憋了很久，最后还是吞了回去。

我答应给刺猬头找车是因为我想到了鲁深，那个左耳戴金耳环的小子。

我是在鲁深家的楼道口里找到那辆红色赛车的，确切地说，我是经过了五天的跟踪和调查才摸索到这辆车的，看到这辆车之后，我立马给刺猬头打电话。

刺猬头把车扛出来时，鲁深出现了，他没有阻止我们，他没有说车是他的，他也没有要把车抢过来的意思，他的眼睛只盯着我看，他说你是吕大营的老豆吧？我说是的。他"哼"了一声就折回了屋里。

大营高考的最后一天，我在家包好了饺子等他回来，我想大营的黑色七月就要过去了，不管考得好还是不好，都值得庆祝。

那天大营晚上7点多才回到家，阴着个脸，我说没考好？他却说，明天我上深圳打工。

大营决定做的事情我向来都是阻止不住的，即使我说，考不好，明年再考，没必要和自己的人生赌气。而他只回了我三个字，考个鸟。

后来班主任找到我，他说在高考的最后一天，坐在大营后面的鲁深说大营作弊，而监考老师确实也在大营的口袋里搜到了作弊的纸条。我一听，心里打了个寒战，我立马给深圳的大营打电话，我急切地说，大营，你回来，明年再考一次。大营在电话那边沉默了很久，我又说，人生没有过不去的坎。大营这回说话了，他说，爸，我很好，我在给人家看车。

那个七月已经过去很多年了，可是我的人生从那个七月开始由灰色变成了黑色。

残缺的菊花鱼

少年长出了胡子，胡子坚硬如锥，一摸，扎手，一抹，如棱。少年在镜子里笑，少年的笑嵌着两个酒窝，酒窝里酿满了青春的稚嫩。

少年想自己不该是少年了，到了这个年纪，他应该算个男人了吧？可是少年又觉得自己不太像男人，男人应该有一张沧桑的脸，应该有一个厚实的肩膀，还应该有一副很酷的外形。

这一些，少年似乎都没有。

少年用几年攒下来的钱买了一辆二手摩托车，买了一顶很炫的头盔，他还把一头七分短发理成了一寸钉，少年决定要把自己变成一个男人。

少年骑着摩托在城市里飞翔。少年想起了《天若有情》里的刘德华，少年模仿着刘德华的姿势，整个身体前倾，眼睛里迸出几道坚毅的光芒，少年的速度像一阵风，这阵风盘旋着又停下来，然后在某个黑暗的角落里沉思。少年摘下头盔，往后视镜上一挂，用手抚一把小寸钉发型，少年又想起了电影里坐在刘德华后面的吴倩莲，少年想，真正的男人还应该要有一个女人。

想是那么想，少年知道女人不能像摩托车一样买回来，即使能买，少年也没有足够的钱，少年露出一脸苦笑，戴上头盔，又盘旋起来。

更多的时候，少年只能待在酒楼里，他是酒楼里的传菜员，客人一喊，翠花，上菜。少年就奔过去，少年露出害羞的笑，客人则哈哈大笑，包括那个叫玫的女孩，玫喜欢把少年叫做翠花他哥，玫喊一声"翠花他哥……"少年就怦然心动，不骑摩托车的少年，速度仍然像一阵风，他穿过狭窄的过道，披着浓郁的菜香，直奔玫面前。

玫长得像一朵玫瑰，娇艳、玲珑、芬芳，每个星期五她都要来酒楼吃一道"菊花鱼"，玫说过，整个城市只有这家的菊花鱼最可口，玫吃菊花鱼的时候，少年总站在不远处的墙根上，那个角度可以很好地偷窥到玫的侧脸以及玫吃鱼的每个细微动作。

玫的指甲涂得晶亮，指甲弯成一枚银月亮，银月亮夹着筷子在菊花鱼上温柔地点拨，金黄的鱼瓣儿，一片片地被玫摘下来，再含入嘴里轻轻地嚼动，玫瑰红的胭脂在玫的脸上散成一片霞，霞光在隐动的腮帮上一点一点地颤，少年有时看痴了，忘了工作，直至又被顾客远远地喊一声，翠花，上菜……

负责烹制"菊花鱼"的大厨要跳槽了，少年有些不安，大厨一走，玫很可能也会跟着走，虽然"菊花鱼"还会有人继续做，可是，能做出这种味道来的或许只有这个大厨，少年去巴结大厨，少年说，师傅，我这一个月的工资就交你了，把那绝活教了我吧。

大厨瞟一眼少年，少年嘿嘿地傻笑，大厨说，不后悔？少年说，不后悔。大厨又说，真不后悔？少年坚定地点头，真不后悔。

大厨拿走了少年的 800 块钱，大厨认真地教少年做"菊花鱼"，选料、刀工、上浆、滑油、上火、勾芡……少年把每个步骤重复了一遍又一遍，直至大厨向他竖起了大拇指，大厨说，你这手法，比我的要细，比我的要用心，烹制出来的菊花鱼绝对是一流的。

那个星期五是少年亲自下的厨，少年把菊花鱼送到玫面前，玫看一眼少年，然后纤手在鱼上轻轻地点拨，轻轻地摘下一片，又轻轻地含入嘴里，少年的心提了上来，玫抿一口红唇，停止了嚼动，忽而回过头看少年，玫说，翠花他哥……这菊花鱼做得真好吃，比以前的都要好吃。

少年憨憨地笑，笑进肚子里，笑进肠子中，然后那笑漾成一条河，在少年的每个细胞里慢慢地流淌，少年觉得那 800 块钱值，比什么都值，少年可以给玫做一道好吃的菊花鱼，少年想起某人说过，女人要想留住一个男人，就得先留住他的胃。少年把这话改了一下，少年觉得男人要想留住一个女人，也得先留住她的胃。

然而玫没有把少年的菊花鱼吃完，玫只动了一角，残缺的菊花鱼在白瓷碗中显得有些悲伤。

玫抬起手腕看看表，回头叫一声，翠花他哥……少年奔过去，玫说，这鱼做得真好吃，可惜我现在减肥，不敢多吃，丢了又觉得可惜，你可以打包拿回去给女朋友尝一下。

少年愣了半会，然后拼命地点头，少年说，好，好，谢谢，谢谢了。

少年把玫吃剩的菊花鱼挂在摩托车上，他载着菊花鱼穿梭在城市里，穿过凌铁大桥，穿过欧迪娱乐城，又穿过无数幢高楼大厦，夜色如海，流光犹波，星月似盏，少年恰似那一条鱼，一条残缺的菊花鱼。

风口上的争论

番岭市的夏天几乎可以把人热死，到了夜晚，人们就会来到风口处。

风口座落在小区侧门的一拐角，拐角处一座泥坡筑在墙脚上，人们三三两两地坐在泥坡上乘凉、说笑，风把这些说笑声吹开，又传向更远的天空。

一辆宝马以惊人的速度从小区侧门驶入，穿过风口时，A 说这是好车。B 说这车不好。C 说这车又好又不好。

A 问 B，这车为什么不好？

B 说，这车里的人不好，这车的颜色和外形也不好。

A 听了呵呵笑，说，这你就不懂了，这款颜色和外形正是今年最流行的，宝马呢，上百万的车，你说不好？再说了，这人和车怎么能扯在一块？

B 不服气道，你才不懂，这车是人开的，人不好，开的车自然也有影响，就像穿在身上的衣服，人长得不好，衣服再漂亮也是徒劳。

A 听了"咻"一声，不以为然。B 接着又说，你看看，这拐角处人来人往的，他这是怎么开车的，万一撞着人怎么办？

C 这会插话了，他说，你们都别争了，依我看这车又好又不好，好的是车的质量，不好的是车里的人。

A 又不服气道，现在我们说的是车，不是人，学生写作文还懂得扣题，你们怎么不懂这个道理，车是车！人是人！

这样的争论显得有些滑稽，使风口处笑声起伏，同时又引来了更多的人，风口便成了夏天里最受欢迎的廉价娱乐场所。

车仍然不断驶来，争论仍然不断响起。为车、为人、为时事，总之这些争论不断地变换，直到那辆宝马再次以惊人的速度驶过风口时，坐在泥坡上的 A 突然站起来尖叫，喂，让开，有车过来了，喂，听到了吗？

然而这声音没有奏效，女人似乎没听到，她认真地埋着头在地上捡着什么，而那辆疾速驶而来的宝马就在那一瞬间把女人撞飞了，女人的身体从空中落下的声音震撼了所有处在风口处的人们。

震惊之余，B 随之大叫起来，喂，你是怎么开车的，宝马了不起啊！

开宝马的男人下了车，看样子二十来岁，染了一头金黄的头发，他走到女人面前，紧皱着眉，然后掏出手机嗒嗒地按，老爸，我出事了，我撞到人了……

风口处的人们围过来，指手划脚地，B 朝男人喊起来，我说你是怎么搞的，撞着人了还不赶快打 120，打给你爸有什么用？

男人瞪一眼 B，啪的一声把手机盖关上，说，我爸是王强，懂吧，王强！

"呸！我管你爸是王强还是王二麻子，总之，你撞了人就该打 120。"

男人这回不说话了，把女人抱进车里，人们看到车在夜色里飞驰而去。这时人群里有人发话了，王强是谁？难不成是咱番岭市公安局局长？无人回应，只听到一片叹息声在风口处一遍遍地响起。

女人死了，女人没有被抢救过来，这个消息成了风口处人们长谈的话题。

A 说，那个王强原来是市人民医院的院长，女人到医院时得到了最及时的抢救。

B 却说，那又怎么样，人还是死了。

C 叹一口气道，女人是外地来的拾荒人员，是个聋子，也怪可怜的，据说连个儿子都没有，只有个瘸腿老公，还好那老头子得到了一笔不少的赔偿。

B 瞟一眼 C 说道，难道钱能抵过一条命？

争论在风口持续了两天之后发生了变化，变化是由女人的瘸腿老公引起的，当他拄着拐杖一点点地朝风口处走来时，所有的争论都停止了。他爬上泥坡，看了一眼风口处的居民，接着又往泥坡的另一头走去，走了几步，他突然回过头来，对那些看着他的眼睛说，我女人是在这里走掉的，这里是个风口，风口啊！多大的风呀，一定是风把我女人的魂给吹走了，否则她不会走得那么快，她命硬得很，掉进防空洞也能自个儿爬上来。她是被风吹走的，我要把她的魂喊回来，她会回来的。说着，瘸腿男人扯开嗓门喊起来，秀花、秀花呀，你回来，我等你，秀花、秀花呀……

自那以后，风口处的人们消失了，只听到风口处一遍又一遍地传来呼喊秀花的声音，这声音传进 A 和 C 的耳朵里，传了一年零三个月后，他们终于在某个夜晚一致认同了 B 的看法，他们觉得那辆宝马确实不是一辆好车。

最后的美

起初大家都觉得苏晓月是个极品级的美人。

谷丁评价她，体如柳、眼如杏、唇如丹、肤如雪，同时还总结了一句，所谓距离美、距离美，因距离产生美，反之因美也会产生距离。

谷丁不愧是学哲学出身的，一语即中。

从苏晓月踏进办公室以来，这样的潜距离就开始不断地升级。男同胞想接近她，又放不开胆子，只有偷瞄的份，女同胞从来就没打算接近她，接近她只会把她们的原本有限的姿色给压下去，压得平平的，看不到一点光彩。

谷丁又说，癞蛤蟆想吃天鹅肉还得有勇气，没勇气只能隔岸观火，女同志要想达到同性相吸还得打破心理障碍，没了成见才能水火相融。

谷丁这鸟人，说得比唱得还好听，他要有勇气他早就上了，还会在这里瞎扯蛋？平时就坐在苏晓月对面，连正眼看一下都不敢，还得用手护着个眼镜假装沉思。

王力听不下去就向谷丁开炮，谷丁，你要敢当本部门第一个有勇气的人，我们兄弟几个就跟着上。

谷丁滴溜了一下眼珠，拍案而起，这算什么鸟事，好歹我也是一只挺帅的癞蛤蟆。

第二天谷丁果真约了苏晓月看了一场电影。

看完电影回来，谷丁对苏晓月更是赞不绝口，他说苏晓月这人啊不像我们想象中那么难交往，看电影时她还给我准备了爆米花呢，唉！都是我们自己被她的美貌吓出距离来了。

后来我们几个兄弟果真应了王力的承诺，陆续约了苏晓月，对苏晓月有进一步了解之后，大伙一致认同了谷丁的看法，大伙觉得苏晓月确实是一个极品中的极品，不仅长得美，还善解人意。

但是凌千纤就不是这样认为的，凌千纤说，苏晓月连收发室里的吴越都勾搭上了，太不可思议了。

吴越本来是公司风靡一时的人物，能写会唱，但为了救一个横过马路的小女孩，被车碾断了腿，断腿之后公司只能安排他在收发室负责接接电话、写写宣传稿。

凌千纤说，苏晓月太会耍手段了，她要是个极品，那世界就大乱了，哪个男人约都去，这和水性杨花有什么区别？

凌千纤这出话真是说到所有女同胞的心坎里去了，个个暗地里称快。

谷丁轻描淡写地回了一句，唉！同性相斥的典型。

凌千纤听后也不生气，只是"嘿嘿"地笑，最后从牙缝里挤出一句话，谷丁你等着瞧好了。

苏晓月的确是个会来事的人，女同胞不和她套近乎，她就主动贴上去，有一回凌千纤的腿被摔伤，住了一个星期院，苏晓月天天给她送饭，弄得凌千纤对她的态度立马来了个180度大转弯，加之平时又常给女同胞们送些小礼物，比如唇膏、口红、胭脂之类的，愣是把那帮女志们讨得美滋滋的。男同胞和女同胞都搞掂之后，苏晓月继而向上级领导套近乎，苏晓月摸准了办公室主任最头痛的事　　喝酒，然后一马当先揽下了这个苦差事。

谷丁这会儿又说话了，他说苏晓月这人呀也不咋滴，俗！太俗了，身上的美都被这俗气给玷污了。

谷丁这家伙什么都不好，就好放屁，而且放得还挺准，起初说苏晓月是极品的是他，现在说她不咋样的也是他，而且每说每中。

谁都没有想到苏晓月自从大揽人心之后，开始了她的另一番行动——推销"安利产品"。这下子有好戏了，男同胞、女同胞、连主任都成了她的推销对象，而且苏晓月推销的手段极其高明，她不说安利如何如何好，起初她会把安利产品像塞礼物一样塞到你手里，然后笑盈盈地说，拿去试试看。等到大家都试完了，苏晓月又会跑过来问你，那产品咋样？还可以吧？她这一问，大家自然说好啦，大家一说好，苏晓月就掏出帐本，这个也不贵，就250，你看我都先帮你垫了。

她这一招支多了，谁都知道是个陷阱，后来大家就开始装傻，不买苏晓月的帐，而且对苏晓月的评价也开始由"极品"向"次品"转移。

凌千纤掰着手指头对谷丁说，1、2、3、4、5、6……，不到一年，这"等着瞧"的结果就出来了。谷丁耸耸肩，表示了无奈。

尽管如此，苏晓月仍然一如既往地向大家套近乎，而且这劲儿不比之前弱，搅得大家对她的印象一跌再跌。

前阵子苏晓月开始发请贴，新郎是谁？竟然是吴越！

这会儿大伙儿又凑一起，谷丁把头靠在椅背上，把鼻腔弄得"呼哧呼哧"地响，凌千纤斜着眼看他，偶尔把眼光移向王力，王力抬起眼皮知趣地迎合一下，然后"哎"一声叹息道，早知如此，先下手为强了。

谷丁接了话，苏晓月这人啊，怎么说呢，鬼精，精鬼，一般人她基本看不上。

凌千纤朝他"呸"了一声，也不说话，只"哧啦"一声站起来，信手提走了桌子上那一束火红火红的玫瑰。

婚礼上的苏晓月一脸幸福的笑，像她手里的红玫瑰，美极了。

后　记

　　在编排这本书稿时，我是持着一颗平淡而又热烈的心去完成它的。

　　平淡源于生活，热烈源于情感，我想两着的结合便是小小说的一大表现形式吧。正如杨晓敏先生说过，小小说就是平民艺术。

　　平民的生活是平淡的，而平民的艺术却不平淡，它该是热烈的、真挚的、复杂的，甚至是澎湃的。而我正是持着这份热烈情感去完成我的平民小说的。

　　一顿晚餐、一个笑容、一声问题，或是一张表情，这对于我来说都是生活的素材，我喜欢把这些平民老百姓的点滴串起来，加入我的思想，把它们或延伸、或荒诞、或散淡地表现出来。我想正是小小说的这种随意性，使之读起来更具韵味吧，像品一壶茶，像读一首诗，像看一副画。

　　我一直把这样的写作过程当成自己的一种爱好，一种生活状态，而不是把它当成一个作品去创作它。"创作"这个词对于我来说似乎太拘谨了，拘谨的东西往往会失去自我，就像考试一般，愈想考好愈考不好。

　　有很长一段时间我把自己的的梦想定义为"坐家"，而不是"作家"。

　　我一直觉得"作家"这个词于我来说就像"创作"一样，过于宏大而拘谨了，它会束缚我的个性，或者会束缚我内心深处的那种闲淡与平静的心情。而"坐家"就不一样了，"坐家"可以放弃文字以外的工作，安安静静地坐在家里写写字，煮煮饭，再写写字。我一直向往这样的"坐家"生活。然而，事与愿违，生活还是要靠经济来支撑起来的，文字是我的精神支柱，那么工作必然就成了我的物质支柱，要放弃物质支柱，而一心当个"坐家"，目前来说还真不容易。

既然目前当不了"坐家"，更当不了"作家"，那么我现在的角色是什么呢？呵，该是一个追求者吧。相比之下，我更喜欢把自己定义为"追求者"的角色，因为这个角色是动态的、持久的，并且是热烈的，这个角色恰是符合了我在进行小小说习作的过程中所执着的情感。我用这样的情感一直坚持了下来，并且愈追求愈热烈，小小说几乎成了我生活中一个不可或缺的部分，即使在气馁或消极面前，我仍会被生活中的一个笑脸、一声问候，或是一张表情而感动，而后，小小说便会不经意间又蹦出来了。我的小小说追求情结正像一个不会完结的逗号一般，不断地延续着，延续着。

感谢一路上帮助和鼓励过我的老师和朋友，我的成长和他们是分不开的。

陈纸老师说过，杨柳芳的小小说善于从普通生活中截取有意义的片断，然后加以想象与延伸，通过艺术场面的朴素描绘来含蓄地点染她对人生的理解，体现出了一种平实蕴藉、婉约多讽的风格色彩。看到这里，我心里更明亮起来了，继而一股写作热情又不断澎湃着。

我想只有把文学当成自己的终生情人那才是不枉此生啊。